MEU PÉ DE FEIJÃO GUANDU
e outros contos

Universidade Federal de São Carlos

Oswaldo Baptista Duarte Filho
Reitor
Romeu Cardozo Rocha Filho
Vice-Reitor
Oswaldo Mário Serra Truzzi
Diretor da Editora da UFSCar

EdUFSCar – Editora da Universidade Federal de São Carlos
Conselho Editorial
João Carlos Massarolo
José Mindlin
José Roberto Gonçalves da Silva
Lucy Tomoko Akashi
Maria Luisa Guillaumon Emmel
Marly de Almeida Gomes Vianna
Maurizio Ferrante
Modesto Carvalhosa
Paulo Sérgio Machado Botelho
Petronilha Beatriz Gonçalves e Silva
Oswaldo Mário Serra Truzzi (**Presidente**)
Secretária Executiva
Maria Cristina Priore

Editora da Universidade Federal de São Carlos
Via Washington Luís, km 235
13565-905 – São Carlos, SP, Brasil
Telefax (0XX16) 260-8137
http://www.ufscar.br/~editora
e-mail: edufscar@power.ufscar.br

Casa do Psicólogo Livraria e Editora Ltda.
Rua Mourato Coelho, 1059 Vila Madalena
CEP 05417-011 São Paulo,SP, Brasil
Tel.: (11) 3034-3600
http://www.casadopsicologo.com.br
e-mail: casadopsicologo@casadopsicologo.com.br

MEU PÉ DE FEIJÃO GUANDU
e outros contos

Almir Del Prette

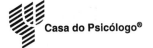

São Carlos, 2004

© 2004 Almir Del Prette

Revisão: Meiry Ane Agnese
Editoração: Eduardo Zanardi
Capa: Gustavo Duarte

Ficha catalográfica elaborada pelo DePT da
Biblioteca Comunitária da UFSCar

D363m	Del Prette, Almir. Meu pé de feijão guandu e outros contos / Almir Del Prette. – São Carlos: EdUFSCar; São Paulo: Casa do Psicólogo, 2004. 145p.
	ISBN 85-7600-017-2 (EdUFSCar) ISBN 85-7396-295-X (Casa do Psicólogo)
	1. Literatura brasileira - conto. I. Título.
	CDD – 869.8 (20ª) CDU – 869.0(81)-34

Para

Yone, Aor, Osires e Isis

Dedicado ainda, a

Zilda, Lucas e Giovana

Sumário

Prefácio 9

MEU PÉ DE FEIJÃO GUANDU 13

A BRUXA 21

O VELHO, O MOÇO E O JOGO DE XADREZ 39

O REVÓLVER QUEBRADO 51

O NOME DELA 59

MOÇO, O SENHOR VIU MEU PAI POR AÍ? 65

COM AÇÚCAR E COM AFETO 71

BANQUETE AO MINISTRO 79

TRISTÃO E ISOLDA 85

FREUD E A LATA DE MANTEIGA 89

O DIA EM QUE O DIABO PERDOOU A DEUS 95

REFEITOS UM PARA O OUTRO 109

UMA HISTÓRIA PARA CRIANÇAS 119

O ENFORCADO DO JENIPAPEIRO 127

PAIXÃO 141

Prefácio

Escrever por prazer! Prazer de relembrar, de conferir sentido à experiência vivida, de revisitá-la dando asas à imaginação e trazendo, para o leitor, elementos interessantes de análise sobre a vida e sobre seu próprio cotidiano! Assim é este livro de contos de Almir, parte de uma coletânea de textos que expressa e registra, na palavra escrita, sua paixão por contar e recontar estórias, que, há anos, como professor ou como coordenador de grupos de desenvolvimento interpessoal, tocam mentes e corações de seus ouvintes.

Os contos reunidos nesta obra refletem fragmentos de uma realidade intensamente vivida pelo autor, enriquecida por sua criatividade ficcional, sensibilidade e espírito crítico. Assim, instigam o leitor a caminhar por pensamentos e sentimentos facilmente reconhecidos em cada um de nós e permitem uma identificação imediata de nuances e contradições de nossa personalidade.

A nostalgia de uma infância de privações materiais, mas rica de reflexão existencial pode ser facilmente identificada em "O revolver quebrado" e, principalmente, em "Meu pé de feijão guandu", que intitula o conjunto da obra.

A preocupação com os sentimentos e a sensibilidade para com a relação afetiva aparecem de forma mais proeminente e poética em "Com açúcar e com afeto", "O nome dela" e "Refeitos um para o outro".

A crítica social ora ácida, ora irônica, pode ser saboreada em vários contos, mas principalmente em "Banquete ao ministro".

O misticismo popular é tratado de forma bem humorada em "O dia em que o diabo perdoou a Deus", "A bruxa" e "O enforcado do genipapeiro".

A criatividade de contador e recriador de estórias a partir do cotidiano é bem espelhada em "Uma história para crianças", "Moço, o senhor viu meu pai por aí?" e "Tristão e Isolda".

Por fim, a leve sátira sobre as relações interpessoais, que revela, em parte, sua formação em Psicologia, pode ser identificada em "O velho, o moço e o jogo de xadrez" e "Freud e a lata de manteiga".

Acompanhar de perto a produção desses contos (e de outros que não foram incluídos nesta obra) foi também uma experiência interessante.

Depois de alguns dias pouco falante, ensimesmado mesmo, Almir se dedicava de forma impaciente e quase compulsiva ao trabalho de escrever, até finalizar cada conto. Era como se suas palavras, imagens, sentimentos e reflexões permanecessem dias em fermentação para, então, brotarem de forma irresistível, em direção à "luz" da palavra escrita, socializando com os mais próximos um pouco mais de sua própria história e imaginação criativa.

Com este livro, o autor estende, a cada um de nós, a oportunidade de adentrar nesse imaginário e de compartilhar de seu universo ficcional. Sem me eximir da parcialidade que a relação afetiva impõe, convido o leitor a fazer seu próprio julgamento nas páginas que se seguem, garantindo-lhe momentos de puro entretenimento, envolvimento emocional e reflexões sobre a vida e o cotidiano!

Zilda A. Pereira Del Prette

MEU PÉ DE FEIJÃO GUANDU

Tinha sete anos quando mudamos de residência e de vida. Na antiga casa onde nasci, ficou para trás um cotidiano alegre, repleto de facilidades, que se estendia da casa, com a mesa sempre farta, ao quintal com os pés de pinha, pitanga, goiaba, figo, laranja e o velho abacateiro que eu amava. Lá permaneceram o rancho, local das brincadeiras de esconde-esconde, erguido no fundo do terreno, e o jardim da frente, onde, por nossa conta, fizemos uma reforma agrária, cada um plantando o que quisesse em seu pedaço de terra.

Foram duas separações dolorosas, de meu pai por sua morte e da casa com a mudança para uma menor, com apenas dois quartos onde nos distribuíamos à noite. A saída da mudança atraiu os vizinhos, com seus comentários mesclando curiosidade e compaixão. Minha mãe e minha irmã mais velha, ambas vestidas de preto, foram na cabine do caminhão, enquanto meu irmão mais velho, eu e outras duas irmãs fomos com meu avô, caminhando. Eu não entendia muito bem o que se passava, porque sofria e tinha tanta vontade de chorar! Longe da vista de todos, encostei o rosto no tronco enrugado do abacateiro, solucei e chorei despedindo-me dele.

Além da saudade de tudo o que havia ficado, a nova vida se apresentava áspera, prenunciando dificuldades maiores com o passar do tempo. Não sabia o que era pior, se as agruras do dia com a mesa restrita, insuficiente, ou a agonia das noites maldormidas, quando exércitos infindáveis de percevejos nos mantinham de vigília, cheios de aflição. A duras penas vencemos a guerra contra aqueles insetos asquerosos. Minha mãe mobilizou todos os recursos disponíveis e adotou estratégias radicais: queimou colchões já tomados pelo inimigo, lavou várias vezes camas e assoalho com água fervente e, à noite, aproximava o fogo da lamparina aos buracos nas paredes onde eles se escondiam. A batalha demorou vários dias, mas saímos vitoriosos graças à persistência de minha mãe. A perda de alguns colchões levou ao improviso, forramos os estrados das camas com sacos de estopa e cobertores. Qualquer desconforto era preferível às mordidas daqueles bichinhos e ao temor de que eles se alojassem em nossos cérebros, conforme era crença comum.

O quintal da nova casa possuía apenas uma pequena parte de terra boa para o plantio. Foi nessa área que iniciamos o cultivo de uma pequena horta, principalmente couve. Algumas dívidas contraídas por meu pai começaram a aparecer e os poucos recursos disponíveis foram minguando até acabar totalmente. Minha irmã e meu irmão, os mais velhos, começaram a trabalhar. Minha mãe, vez por outra, era chamada para ajudar na cozinha da esposa do patrão de meu avô, o que lhe rendia algum dinheiro e sobras de comida. Aquelas sobras, amontoadas em uma marmita ou panela, inicialmente nos feriam o orgulho, que rapidamente desapareceu à vista das misturas que nunca mais fizeram parte de nosso cardápio. Isso, porém, se constituía exceção. No mais, nosso cotidiano era vazio de alimento e de esperanças.

Nossa casa fazia vizinhança, ao fundo e do lado esquerdo, com uma serraria e, do lado direito, com uma família composta por um casal de meia idade, com cinco filhos, mais ou menos com as nossas idades. A mulher, seja por observação, seja por comentários da vizinhança, logo ficou sabendo da morte de meu pai e da difícil situação que enfrentávamos. Para nossa surpresa, seus filhos passaram a nos hostilizar de forma grosseira. Além de nos xingar, exibiam garrafas de refrigerante, dançando e cantando o refrão: "Nós bebemos guaraná, vocês não". Quando esperavam, à tarde, o regresso do pai, nos provocavam: "Nós temos pai, vocês não têm".

Minha irmã do meio, que era a mais forte e valente, resolveu acabar com aquilo à sua maneira, mas foi impedida por minha mãe, que nos aconselhou e proibiu qualquer forma de revide. Para minha irmã, a educação e a tolerância tinham dimensões menores que seu esquentamento. Logo quando teve oportunidade, surrou o mais velho e pôs para correr os demais – esse acontecimento ficou em segredo. Quando eles retornaram às provocações, nossa atitude de indiferença surpreendeu minha mãe, que nunca soube de nossa vingança.

Em meio à cerca com a serraria, descobrimos um arbusto alto que, após as chuvas de março, engalhou e ficou repleto de vagens. Tratava-se, conforme informação que obtivemos, de um feijão, conhecido por guandu, pouco apreciado para o consumo em nossa região. Um dia, quando não tínhamos mais arroz, nem farinha, nem feijão, restando apenas sal e banha, minha mãe mandou-me trazer um pouco daquela vagem, que foi feita com algumas folhas de couve. Isso foi se repetindo com uma freqüência assustadora e quanto mais vagens apanhávamos, mais o arbusto tinha a oferecer. Era a própria multiplicação bíblica, segundo minha mãe, mas que poderia ter sido mais apetitosa, pensava eu.

A couve, o chuchu e a alface acabaram por completo, restando tão somente o extraordinário pé de feijão guandu, firme, incansável, dadivoso. Foi isso praticamente a comida de mais de um mês seguido, sem nenhuma variação. E então uma vizinha, moradora de uma casa um pouco adiante, que não era casada, mas recebia uma ou duas vezes na semana a visita de um homem que a sustentava, fez amizade conosco. Ela vinha da feira com duas sacolas lotadas de verduras, enquanto minha mãe fazia o mesmo trajeto com minha irmã, que foi instruída a ajudá-la com suas compras. Pouco depois, minha irmã retornou trazendo um pé de alface, e, naquele dia, o feijão teve à mesa a companhia de uma bela salada.

Ninguém no bairro mantinha qualquer contato com aquela mulher. Tratava-se de uma pessoa sensível, educada e também bonita aos meus olhos. Mantivemos, com ela, uma amizade calorosa até quando se mudou, alguns meses depois, para morar definitivamente com seu homem, chamado pelas mulheres da vila de amásio, conforme ouvia sem entender. Aquela mulher, desprezada por todos, nos chamava à sua casa duas ou três vezes por semana para lanchar com ela, e, nessas ocasiões, nos servia bolos, leite, pão com manteiga e biscoitos. Houve um dia em que ela parecia muito feliz e nos disse sorrindo: "Hoje, no lugar do leite, tomaremos guaraná, uma garrafa inteirinha de guaraná bem gelado para cada um". Desejei que os garotos vizinhos passassem ali naquele momento, mas infelizmente isso não aconteceu.

Algo inesperado sucedeu depois de algum tempo: minha mãe obteve emprego de servente em uma escola do Estado. Infelizmente, ficou três meses sem receber salário, conforme era comum na época. Porém com isso conseguimos que uma venda nos fiasse as compras mensais, cobrando, é claro, acima do que vendia aos demais que pagavam mensalmente. Assim, podíamos almoçar e jantar arroz, feijão, batata e, eventualmente, uma lingüiça ou sardinha.

Após nossa primeira refeição decente, meu irmão pegou o machado de meu avô e seguiu em direção ao pé de feijão guandu, dizendo que iria abatê-lo completamente. Nós o seguimos em seus passos decididos. Ficamos olhando, parados, incapazes de falar coisa alguma. Foi então que me coloquei à frente do arbusto e disse-lhe, resoluto, que ninguém iria cortá-lo. Meu irmão ficou surpreso. Por um momento se deteve. Depois disse: "Saia da frente senão você vai se machucar". Continuei ali, parado, encarando-o, admirado com minha iniciativa. Meu irmão ergueu o machado, depois o abaixou lentamente, e, jogando-o de lado, saiu resmungando.

Não sei o que significou aquele episódio para os demais. Para mim, teve uma importância muito grande. Entre outras coisas que não dei conta, compreendi que em minha vida nem sempre poderia ficar ao lado de meu grupo, fosse familiar ou não. Fui o último a deixar o local, dali saindo com a sensação de ter me tornado menos criança. Olhei para o pé de feijão, assolado pelo inverno sem chuva: ele parecia raquítico, nem de longe exibia a exuberância de semanas anteriores. Se meus irmãos, algum dia, se recordaram daquele arbusto que nos alimentou, nada posso dizer. Eu retenho em minhas lembranças, com muito carinho, a imagem de meu pé de feijão guandu.

A BRUXA

— Quantos ovos hoje?
— Vinte... vinte e seis.
— E quantas dúzias representam?
— Mais de duas dúzias... Duas dúzias e meia?
— Quase isso Mindinha. Uma dúzia tem doze, duas dúzias, vinte e quatro. Então você recolheu duas dúzias mais dois ovos. Tem certeza que não deixou nenhum? Se deixar os bichos comem e depois eles vão se acostumando. Aqui na chácara, naquele matão perto do riacho, já foi visto tatu, camundongo, até raposa. Estou achando essa recolhida muito pequena. É certo que tem quatro ou cinco galinhas chocas, mas ontem foram recolhidos vinte e nove ovos.

Mindinha não respondeu. Não tirava os olhos da cesta repleta de ovos. Se a madrinha quisesse, que fosse procurar, pois tinha certeza de ter revistado todos os ninhos do galinheiro! Continuou por bom tempo de olhos fixos na cesta de ovos sobre o armário da cozinha. Dona Leila a olhou demoradamente, sondando travessura e finalmente falou entre rude e gentil:

— Avia-te criança, logo a noite chega e sua mãe a espera para o jantar.

Mindinha suspirou profundamente, saiu à porta da cozinha, desceu a escadaria correndo, satisfeita pelo fato de a madrinha não ter esticado a mão para que ela beijasse e pedisse a benção. Não compreendia porque ficava irritada ao beijar os dedos pequenos, gordos e cheios de anéis de dona Leila. Sua casa não ficava muito distante e ela sabia que a mãe e os irmãos menores a esperavam impacientes, aguardando que ela trouxesse alguma sobra de comida dada pela madrinha. Pensou que poderia ter pedido um ou dois ovos, ou ter escondido alguns na cerca de arame e depois diria em casa que havia ganho. Arrependia-se por não ter sido esperta o suficiente e culpava a mãe, que sempre a aconselhava a não pegar nada de ninguém, principalmente da madrinha. Era certo que eventualmente dona Leila dava-lhe sobras de comida ou um pouco de arroz quirera, que vinha de uma das fazendas para ser misturado à ração das galinhas, mas, em paga, ela estava sempre auxiliando-a em vários serviços. Além disso, seu avô trabalhava para a família da madrinha fazia mais de quarenta anos, ganhava pouco e praticamente não tinha com que viver ao final da vida.

De repente lembrou-se da desconfiança de dona Leila, parou e falou consigo mesmo: "Podia quebrar um ovo. Um não, dois. Três para ficar menos do que duas dúzias". E continuou a correr em direção à casa. No mesmo momento, na chácara, dona Leila pedia ajuda ao marido.

– Silveira, Silveira! Depressa, veja o que aconteceu.

– O que foi, Leila?

– Estava arrumando a mesa para o jantar, quando um ovo estourou, depois outro e, em seguida, o terceiro. Cruz credo! Nunca vi isso.

– Deve ser o calor. Talvez o tipo de ração, sei lá. Não se deixe impressionar com essas coisas.

Mindinha continuava correndo, sentindo-se ligeiramente contente. Avistou a casa onde morava e diminuiu os passos. Antevia os olhares dos quatro irmãos, da mãe dizendo que no dia seguinte as coisas não seriam tão tristes e que Deus não iria deixá-los com fome. Às vezes, achava a mãe inteligente, mas, ao mesmo tempo, pouco esperta. Também achava a mesma coisa do avô, já tão velho e sofrido.

Houve uma ocasião em que o avô havia encontrado, na calçada da rua onde ficava a casa de dona Leila, a carteira de Silveira, recheada de dinheiro, inclusive com notas estrangeiras. Como o patrão estava ausente, ele trouxe a carteira para casa e mostrou-a para todos. Pouco depois procedeu à devolução, sem retirar um único valor, enquanto tinham, para o almoço, apenas arroz.

Durante a refeição, feita de penúria e silêncio, ouviu o avô lamentar o fato de o coronel não tê-lo gratificado pela devolução da carteira. Nesse momento, dirigiu o olhar para a mãe e percebeu, misturado ao permanente semblante de tristeza, algo que identificou como revolta, logo suavizada pela mesma expressão que lhe era familiar. A mãe, agora mais por obrigação, tentou consolar o velho dizendo que ele agira de maneira correta e que isso, mesmo sem ser reconhecido, era preferível.

Nessas ocasiões, Mindinha achava que a luta pela vida impunha uma maneira de tornar as regras menos rígidas. Pensava que era preciso conciliar, arranjar jeito de atender a regra e, ao mesmo tempo, safar-se do pior. Pensava, ainda, que, se tivessem ficado com algumas notas e devolvido as restantes, teria sido correto. Comprariam arroz graúdo, feijão, talvez até um pedaço de carne ou lingüiça e os olhos dos irmãos brilhariam pela semana inteira. Nos dias seguintes se recordariam do acontecido e o silêncio feito de dor pela ausência do pai, seria preenchido pelas risadas de quem consegue enganar o destino.

Interrompeu esse devaneio ao chegar em casa tendo, logo ao abrir o portão, de se defrontar com a irmã mais nova, com o olhar pregado em suas mãos vazias. Praguejou baixinho para não ser ouvida, ensaiou um sorriso dando-se conta de que agia com a pequena da mesma maneira que a mãe. Nas ocasiões de contrariedade gostava de praguejar. Isso lhe fazia bem. Merda, bosta, diacho, miséria, diabo, danada, safa eram as palavras que mais usava, sempre cuidando para que nem a mãe nem os irmãos a ouvissem.

— Vamos ver se a branquinha botou algum ovo e aí a gente faz um omelete.

— Omelete com um ovo só!? A madrinha usa dez e ainda põe queijo ralado por cima.

A pequena Lúcia estava ficando sabida. Também, já ia fazer cinco anos! Ela, por sua vez, logo completaria onze. Sentia-se mocinha, havia crescido bastante. Os cabelos, com o tempo, tornaram-se castanhos, lisos e os olhos, de uma cor indefinida. Uma vizinha dissera, uma ocasião, que não gostava que ela a olhasse, pois sentia medo. Tolice de gente que não tem o que falar. Aprendera na escola história, geografia, ler, contar, multiplicar e que pobreza e ignorância caminham juntas.

Mindinha, ainda uma menina, sabia de muitas coisas, não se conformava com a miséria que rondava sua casa e com o fato de haver gente que come muito e gente que pouco come. Lembrava-se de que sua família estava bem quando o pai era vivo. E, que naquele instante, só havia uma única galinha no quintal, que se alimentava da ração que ela trazia nos bolsos, torcendo para que a danada não lhes falhasse com o ovo. Quase todo dia preparava o omelete com maisena e água para ficar mais volumoso. Aí a mãe o repartia igualmente, de forma que era muito raro alguém achar que um ou outro pedaço ficara maior que os demais, embora todos os examinassem atentamente.

Branquinha estava ciscando esfomeada ao redor do ninho ainda vazio. Mindinha tirou a ração dos bolsos e foi jogando, ouvindo-a cacarejar de alegria.

— Coma tudo sua danada e vê se bota logo senão eu coloco sal no seu fiofó.

— O quê? O que foi que cê disse, Mindinha?

— Disse nada. Cê não ouviu nada.

— Ouvi, sim! Ouvi que você falou besteira e a mãe...

— Nada, nada. Você entendeu errado, Lúcia. Fica aqui e vê se branquinha sobe no ninho, depois corre para me falar.

Entrou na cozinha e viu a mãe mexendo a panela de polenta no fogão de lenha. A mãe continuou sem se virar para olhá-la, adivinhando mãos vazias. Após longo tempo, percebeu que Mindinha ainda a espiava, como fazia com o fogo de manhã, vigiando-o cheia de cuidados para que não se apagasse. Incomodada, falou, rompendo o silêncio:

— Como está a madrinha?

— Gorda, enquanto a senhora está cada vez mais magra.

— Mas o que é isso menina! Isso é jeito de falar com sua mãe?

Mindinha saiu correndo, entrou no quarto onde ficavam as coisas de seu pai, sentou-se na velha cadeira, debruçou-se sobre a mesa e não conteve o choro. Com exceção dos dias de limpeza ou quando a mãe acendia uma vela, colocando-a sobre a escrivaninha, o restante do tempo o quarto ficava fechado, totalmente escuro. Todos evitavam entrar ali. O irmão mais velho dizia ouvir barulho de livro ser folheado e Lúcia, ao passar pela porta, fechava os olhos com medo de ver o pai, sentado, fazendo as contas dos serviços prestados pela oficina de consertos de carros.

Foi um choro demorado, triste, doído, com soluços ora curtos, ora longos. Depois foi passando, substituído por gemidos amargurados, que duraram pouco. Então, ao se virar para assoar o nariz nas dobras da camisa, Mindinha derrubou o livro de borrão da oficina.

Quando saiu do quarto, os olhos brilhavam mais do que de costume e ela trazia consigo o livro escondido sob a roupa.

Durante dois dias, a menina examinou o livro em segredo, localizando vários nomes de devedores de seu pai. Selecionou aqueles com datas mais recentes e, dentre estes, os que possuíam endereço. Tinha formulado um plano e pretendia agir por sua conta. Da mesma maneira que há uma semana havia, às escondidas, colocado sal na branquinha, fazendo a pobre aumentar suas contrações até expulsar o ovo, festejado por todos, agora dava trato nas bolas, pensando em seu plano.

Apertou várias vezes a campainha da casa, até que uma moça, com uniforme verde e uma cara indefinida, apareceu para lhe atender.

— Quero falar com seu Lopes.

— Aguarde, que ele não demora.

Demorou tanto que Mindinha pensou em desistir. Ficou ali, a princípio empertigada, escondendo medo, com os olhos fixos na porta. Havia ensaiado tantas vezes o que diria, porém, sentia-se perdida.

— O que quer?

O velhote, cabelos ralos, nariz espetado para frente, mãos nos bolsos, a olhava do alto da escada, dando a impressão de ser mais alto do que realmente era. Mindinha o encarou e falou depressa.

— Minha-mãe-me-mandou-receber-o-dinheiro-que-o-senhor-ficou-devendo-para-meu-pai.

— E sua mãe tem documento comprovante?

— Tem!

Mentiu, mas o homem não podia ver que ela havia ficado corada, porque por sorte o sol da tarde refletia-lhe no rosto.

— Tome. Diga a ela que pago somente a metade e não adianta retornar com nova cobrança.

Pegou o dinheiro e, sem contá-lo, saiu em disparada. Três quarteirões adiante parou para tomar fôlego. O coração batia adoidado, respirava com dificuldade e os olhos doíam muito. Pensou que teria uma vertigem. Sentou-se em um toco de árvore e só então abriu a mão, que lhe doía por apertar tão fortemente o dinheiro. Ao mexer nas notas um pouco umedecidas quase gritou de alegria. Conteve-se, procurando andar naturalmente, tendo a impressão de que todos a olhavam. Ao chegar em casa, guardou o dinheiro no antigo quarto do pai, onde sabia que ninguém iria localizá-lo. Na semana seguinte faria nova cobrança.

– O senhor é seu Alberto Braga?

– Capitão Braga menina. Não enxerga a farda, não? Esse de fato era alto, musculoso, olhos frios e intimidadores.

Mindinha o encarou e falou depressa.

– Minha-mãe-me-mandou-receber-o-dinheiro-que-o-senhor-ficou-devendo-para-meu-pai.

– Pois ele que venha receber, homessa.

– Meu pai morreu.

– Disso eu já sabia. Se já morreu, nem ele e nem a família vão receber e não volte mais aqui, ouviu bem? Se retornar, sabe o que pode acontecer.

— Pois o senhor também vai morrer. Vai morrer logo. O senhor há de morrer. Vai morrer, seu desgraçado!

Disse isso sem pensar, obedecendo o coração, com os olhos fixos no militar, olhos brilhantes, faiscantes, tomados por pura raiva, que lhe perpassava todo o corpo. Mindinha levou a mão esquerda em formato de concha ao coração e, com a direita, apontou o dedo indicador para o capitão como uma arma; continuou a dizer que ele morreria. Este recuou, momentaneamente surpreendido, mas recuperou-se, deu-lhe as costas e desapareceu porta adentro.

Mindinha saiu caminhando devagar, surpresa, confusa com sua reação. Chegou em casa cansada, febril, indo direto para a cama. Durante dois dias permaneceu acamada, abatida, tendo pesadelos com o tal capitão. Tomando remédio feito em casa pela mãe, que passava grande parte do dia ajudando a madrinha, com visitas na chácara, começou a se recuperar. Era Lúcia quem lhe trazia os medicamentos. Na sexta-feira, sentindo-se melhor, levantou-se para alívio geral. Mindinha aproveitou-se da ocasião para mostrar o dinheiro à mãe, omitindo o entrevero com o militar. A mãe, diante da insistência da menina, autorizou a continuar as cobranças. Houve uma animação geral e decidiram ir todos, dia seguinte, sábado à tarde, à casa de uma parenta tão pobre quanto eles, para levar algum mantimento. A tia a ser visitada morava do outro lado da cidade.

 O sol estava alto quando atravessaram uma das ruas, já próxima à casa da tia, em outro bairro. Foi então que avistaram um cortejo fúnebre descendo lentamente. O caixão vinha coberto pela bandeira do Brasil e soldados, com uniforme de gala, seguiam de ambos os lados em marcha cadenciada. Mindinha teve um pressentimento, como um roçar de mãos em seus cabelos. Ouviu a mãe perguntando de quem era o enterro. A senhora de cabelos grisalhos informou se tratar de um oficial do exército que havia morrido no dia anterior, asfixiado ao comer farofa. O fato se dera em um banquete em homenagem ao novo comandante que assumiu a direção da unidade militar. A menina teve um novo estremecer e insistiu em saber da informante o nome do morto.

 — Um tal Capitão Braga. Alberto Braga.

 A mãe persignou-se, dizendo baixinho: "coitado" e, tomando as mãos dos menores, puxou-os para seguirem adiante. Mindinha, porém, permaneceu, ainda, olhando o cortejo e só depois de muita insistência da mãe abandonou o local, dizendo baixinho: "bem feito".

Esse acontecimento, somado a outros, aumentaram sua suspeita de que era uma pessoa diferente das demais. No entanto, nem sempre era atendida em seus desejos e, quanto mais pensava com força no que desejava, nada de extraordinário acontecia. Nesses momentos percebia que tudo era inútil. Outras vezes, quando menos esperava, algo estranho sucedia e seu desejo se realizava. Aparentemente, ocorria alguma coisa sobre a qual não tinha controle algum, mas que alterava, ao menos por algum momento, seu jeito de ser. Havia aquele desejo repentino, brotando forte de seu coração, sem aviso, e a sensação estranha de que devia anunciá-lo, nem que fosse para si mesma. Depois, um arrepio suave ou um frêmito forte, involuntário. Lembrava-se da ocasião em que havia olhado diferente para o menino, que de cima da bicicleta presenteada pelo pai, zombava de seu irmão que nada ganhara de Natal. De repente, como se obedecendo a uma força que se impõe, o garoto se estatelou no chão, tendo o guidão da bicicleta ficado retorcido, enquanto a mãe do menino acudia olhando-a assustada, sem poder culpá-la pelo acidente. Às vezes era assim, bastava o olhar. Outras, demorava para acontecer, mas Mindinha sabia que mais dia, menos dia, o fato ocorria. Tudo isso a assustava, mas, também trazia-lhe uma sensação agradável que se sobrepunha aos sentimentos de tristeza e incerteza da vida.

O tempo deixou para trás a infância e as agruras daquela época. Muita coisa se modificou. Permaneceu o olhar que ainda podia fazer medo, mas a vontade já não era a mesma. O tempo tem a força de trazer novidades, era como pensava Mindinha, quando ouviu alguém chamá-la.

— Comadre, comadre Mindinha!

— Entre, comadre Belmira, vá entrando e se ajeite na cadeira, que já levo a moringa de água fresca. E me diz como está o afilhado, melhorzinho?

— Pois que tá sarado. Foi a senhora botá a mão, fazê o chá e a febre cessô por completo. Comadre, lhe devo muito.

— Deve a Deus, Belmira. É Nosso Senhor que tudo faz e tudo pode.

— Mais comadre, vim aqui a mando do padre Genésio. Pede ele pra comadre tirá o olhado que pôs nele. Diz que há três dias não tem voz e que domingo se aproxima e vai precisá rezá missa, ainda mais que o Monsenhor visita a igreja nesse dia. Diz que faz trato com a senhora: não lhe proíbe comparecimento à igreja por momento algum, que a comadre vá quando quiser e nem faz conta de suas rezas e tisanas.

Mindinha olhou demorado nos olhos da comadre, encheu dois copos d'água da moringa de barro entregando um à vizinha, antes de falar com voz cansada pela idade.

— Pois então o padre arreliador pede trégua pensando que está sem voz por culpa minha e não dele próprio. Se abrisse a boca só pra dizer coisa boa, não teria ficado mudo. Quanto a ir à igreja, não me preocupo, pois não demora a ocasião que lá vou entrar e ele vai me receber. E isto vai se dar logo, logo, como Deus é servido e assim quer.

— Cruz credo, comadre Mindinha! Vosmecê me assusta e inda mais do que diz, tem esse olhar com brilho de coisa que vai acontecer.

— Assim tá previsto, Belmira, e assim será. O que tem de ser traz muita força e, de mais a mais, já vivi o suficiente. Mãe morreu quando eu era mocinha, criei meus irmãos e eles sumiram pelo mundo. Fiquei só mais Lúcia, que nunca se separou de mim. Há dois anos Lúcia foi por Deus chamada. Quando ela estava aqui comigo, havia tanta coisa pra fazer. Essa casa vivia repleta de gente precisada: criança adoentada com lombriga; velho com bronquite, tossindo, sem disposição; mulher desanimada, com tontura, problema de regra; aquela tísica desenganada que logo se recuperou. A comadre se recorda do rapazinho que o padre disse estar perseguido pelo demônio? Pois entrou segurado por dois homens e saiu daqui caminhando. Era Lúcia quem trazia todo esse povo. Ela não me deixava quieta, dizia que a força do meu olhar era para o bem e não para o mal. Antes de entregar a alma a Deus, prometeu me levar e assim vai acontecer.

— E o padre Genésio?

— Diga ao padre que, ao ajudar o primeiro pobre que entrar na igreja, sua voz retorna.

Sete dias depois dessa conversa, um grupo de moradores do bairro entra na igreja para se incumbir de obrigação fúnebre. À frente seguem Belmira e o marido, vestidos para o momento. O caixão é pobre, simples, tendo a parte da tampa mais pano que madeira. Padre Genésio faz a encomenda, apressado, pretende utilizar o breviário, mas o olhar do povo o faz prosseguir cerimoniático até o fim. Os fiéis respondem e oram em tom lamurierto. O caixão é aberto e o padre se assusta, vendo, na expressão de Mindinha morta, aquele mesmo sorriso, uma mistura de quem sabe das coisas com uma leve zombaria. Parece-lhe que a bruxa, mesmo morta, ali no caixão, pela última vez ria dele.

O VELHO, O MOÇO E O JOGO DE XADREZ

Aviso ao leitor interessado [em] ou apreciador de xadrez, que não se deixe enganar pelo título. Não deve esperar considerações aprofundadas sobre esse jogo milenar de trinta e duas peças. O xadrez entra apenas tangencialmente na história e as referências são meramente pontuais. Feito o esclarecimento, começo por fazer a apresentação do Velho, na época dos acontecimentos aqui registrados.

Tratava-se de um oficial reformado do exército. Nunca havia se casado e grande parte de sua vida se passou na caserna, vivendo, posteriormente, com uma irmã mais nova que tinha enviuvado precocemente. Essa irmã possuía um filho a quem o Velho estimava como o descendente que nunca tivera. Logo que possível, encaminhou-o para as Forças Armadas, esperando que ele obtivesse patente superior à sua. Deixo claro que a verdadeira graduação de oficial do Velho era desconhecida. Alguns o chamavam de capitão, outros de major e ele mesmo nunca fazia menção sobre seu posto. Aliás, o Velho quase nunca falava de si, jamais revelava sua idade e poucas vezes trazia à baila as atividades que desempenhara nas Forças Armadas. Às vezes, propositadamente, deixava escapar alguma queixa, dando a entender ter sido injustiçado, esperando que seu interlocutor tomasse a deixa e dissesse o quanto perdeu o exército ou o país por não poder contar com sua ação patriótica e inteligente. Se tal não acontecia, apesar de sua maneira azada de conduzir a conversa, induzir e conseguir os elogios, ele se fechava e não raro permanecia mal-humorado.

Seu passatempo predileto era analisar as pessoas por meio de suas características morfológicas. O Velho era lombrosiano e divertia-se em vagar o olhar na compleição geral ou em se deter nas protuberâncias da fronte, nos formatos de nariz, desenhos de queixo e orelha; esquadrinhava o tamanho das cabeças em relação aos troncos, a amplitude dos braços, dos dedos e por aí afora. Nada lhe escapava no mapeamento minucioso e disso retirava ilações sobre tendências criminosas, atitudes anti-sociais, inteligência rebaixada ou superior, nobreza ou baixeza de espírito e assim estabelecia diagnósticos, que julgava precisos.

Sua segunda predileção consistia no jogo de xadrez. Era o que se pode considerar um bom jogador, embora não fosse um perito. Possuía livros e revistas sobre o assunto, mantinha correspondências com outros enxadristas e conservava troféus e medalhas em sua sala de estudo, ganhos nos campeonatos de que havia participado no exército. Na caserna, nunca encontrara verdadeiros adeptos desse jogo, de modo que não lhe havia sido muito difícil vencer os torneios, disputados, em sua maioria, com jogadores inexperientes. Tanto foi vencendo seus camaradas, fazendo diagnósticos lombrosianos e exercitando seu latim, que passou a se acreditar uma grande inteligência, um vencedor natural. Tinha convicção de ser uma pessoa aquinhoada por Deus em um país de miscigenados, os quais ele supunha indolentes, parvos, caprichosos, dados a festas semanais; enfim, um povo que cultuava o futebol e o carnaval e que tinha a bola e o pandeiro como ícones verdadeiros.

Na ocasião dos acontecimentos que narraremos, vamos encontrá-lo à saída de uma loja, como sempre, bem vestido, com terno escuro, camisa branca, sapatos de couro alemão, chapéu e bengala.

O Moço era estudante secundarista. Estava atrasado nos estudos em função das dificuldades econômicas. Como era órfão de pai e mãe, precisava trabalhar para manter-se e estudar. Tinha os sonhos e o ímpeto dos jovens de sua idade; vinte anos convertidos em estatura mediana, corpo esguio, cabelos em desalinho e ligeiras entradas, prenunciando possível calvície em futuro não distante. Não obstante as dificuldades, era do tipo que amava a vida e acreditava no futuro do país e em seu próprio futuro.

Em relação ao país, era crítico impertinente do sistema e idealizava um socialismo democrático, feito pelo povo e para o povo, descartando modelos implantados em outros locais. Tinha fome e sede de conhecimento e, por isso, e por afoitamento, perdia-se muitas vezes em elaborações incompletas, ingênuas e mal formuladas. Sabia que, para se aprimorar, devia freqüentar círculos de pessoas com estudos mais avançados. Nessas ocasiões, nem sempre era prudente com a língua, o que eventualmente lhe causava dissabores. No mesmo momento em que o Velho saía da loja, o Moço, vestido de calça *jeans* azul e camiseta branca de algodão, impeliu velocidade às pernas, procurando alcançar o ônibus, que sinalizava partida imediata.

A colisão frontal foi evitada graças ao giro que o Moço deu ao corpo, diminuindo o impacto, o que não o impediu de se estatelar na calçada. O Velho foi amparado e não perdeu o equilíbrio nem a compostura. Aproximou-se do outro, ainda no chão, e, como se fizesse troça, disse: *Consummatum est*. E como julgava insuficiente a cultura dos demais, acrescentou a tradução: "Acabou-se! Tudo se consumou!". O Moço, entre curioso e divertido, levantou-se sem conseguir deixar de pensar de qual romance antigo teria surgido aquela estranha criatura.

É neste ponto que começa a amizade entre eles. Uma amizade regada, de um lado, com um pouco de amargor, muitas máximas e adágios em latim e, de outro, com a alegria própria da juventude e algumas gírias incontidas. No diagnóstico lombrosiano do Velho, o recém-conhecido não se constituía caso perdido. Possuía espírito que, lamentavelmente, não fora educado com o rigor castrense, mas podia ser adestrado, corrigido, encaminhado, burilado *ab hoc et ab hac*. Mesmo em pensamento complementava: "A torto e a direito".

Na primeira oportunidade que surgiu, o Velho convidou o amigo para uma partida de xadrez, obtendo a resposta já esperada, mas fazendo cara de surpresa, ao ouvir que este não possuía o mínimo conhecimento sobre o jogo. Com essa expressão de surpresa, usada em certas ocasiões, o Velho dirigia a seu interlocutor uma mensagem de reprovação. Primeiro, ele abria a boca por um tempo maior que o usual, gesto seguido de um olhar severo, penetrante, para então cobrir ligeiramente o rosto com as duas mãos. Depois balançava a cabeça no sentido horizontal enquanto murmurava, aparentemente para si mesmo: "Não é possível!". A isso seguia a expressão latina *a limine*, impingindo ao ouvinte o significado "pelo início" e um breve discurso de que essa falha de educação deveria ser corrigida logo, porém *aequo animo,* ou seja, com equilíbrio de julgamento.

E assim começaram os encontros para as partidas de xadrez, realizadas aos sábados, no escritório do Velho. Os embates, se é que poderiam ser considerados como tais, eram vencidos impiedosamente pelo Velho, que, ao final de três partidas, mandava servir um refresco. Nessas ocasiões tocava, com a mão, em um gesto que lhe era característico, o ombro do Moço, aconselhando-o a não desistir e a procurar jogadores menos experientes, para também sentir o sabor da vitória. Deixava claro que o amigo jamais poderia vencê-lo em uma única partida sequer.

Dois meses depois, o Moço, vez por outra, conseguia dificultar o jogo. As partidas agora duravam mais tempo, raramente encerradas no mesmo dia, permanecendo o tabuleiro com suas peças esperando a ocasião em que os jogadores pudessem dar continuidade à disputa. Enquanto o Moço crescia em táticas de defesa e aprimorava-se no ataque, chegando a deixar seu experiente adversário em apuros, este perdia o interesse e manifestava um descabido mau humor. Não raro, portava-se com pouco cavalheirismo, o que deveria ser, segundo sua própria concepção, a marca registrada dos aficionados do xadrez. Além disso, desmarcava encontros ou deixava o amigo esperando na ante-sala por longo tempo.

O Velho começou também a refazer seu diagnóstico lombrosiano. Certamente havia se enganado, fizera avaliação apressada, não reparara com precisão nas maças salientes do rosto do Moço, sinal de boa têmpera, mas igualmente de excessiva ambição. Estava claro que o Moço ambicionava derrotá-lo, para lhe provar que os civis são tão capazes quanto os militares, que faltava aos pobres apenas oportunidade. Era isso que pretendia aquele socialista recalcado. Mas ele nunca iria permitir que isso acontecesse. Derrotá-lo? *Ad kalendas graecas*! E pensando no vernáculo: "Só no dia de São Nunca".

Queria por um fim àquele atrevimento e então preparou-se com dedicação para uma partida final, em que idealizava arrasar as pretensões daquele que agora julgava ser pseudo-amigo. Iria dar xeque-mate em poucos lances. Abateria seu adversário com classe, porém sem piedade. Depois, nunca mais lhe daria a satisfação de uma nova partida, nem mesmo de recebê-lo em seu escritório de oficial das Forças Armadas. Não mais seria benevolente com aquele socialista.

Finalmente, chegou o dia ansiosamente aguardado pelos dois contentores. O Velho perguntou ao adversário se havia treinado bastante. A resposta o surpreendeu muito: "Sim, com os colegas de escola, jogando damas, pois não temos jogo de xadrez". O Velho riu. Seria seu adversário ingênuo ou o estava provocando? E o Moço continuou a lengalenga sobre o assunto, relatando que Poe defendia a superioridade do jogo de damas sobre o de xadrez. Ele não se lembrava de nenhum Poe, talvez se tratasse de algum leninista pouco conhecido, que nada entendia daquele assunto. Peço licença ao leitor para interromper a narrativa dando razão ao Moço. De fato, Edgard Allan Poe, no famoso conto "Os crimes da rua Morgue", defende com veemência uma maior exigência de raciocínio para o jogo de damas, asseverando que o mesmo não acontece com o xadrez. Feita a ressalva, voltemos aos acontecimentos daquele dia.

Ao Velho coube jogar com as brancas e dar início à partida, o que ele fez adiantando dois peões, simultaneamente. Logo depois, movimentou o cavalo comendo um peão preto e posicionou a rainha na linha das torres inimigas. O Moço defendeu-se cobrindo a frente do rei com um bispo. O Velho abateu uma torre com a rainha e começou a antecipar o sabor de uma vitória rápida, como havia planejado. Com o cavalo bem articulado com o bispo, o Moço surpreendeu o adversário abrindo brechas por trás da defesa das brancas. Foi então que o Velho deixou a prudência de lado e desguarneceu a retaguarda, partindo ao ataque. O Moço aproveitou-se e deu-lhe uma série de três xeques seguidos. O quarto xeque apareceu intercalado de uma derradeira e inútil tentativa de reorganização de peças pelo ex-militar. Ocorreu o inesperado: o rei branco foi tombado com suavidade no tabuleiro pelo Moço.

O Velho ficou atônito, sem entender o que havia acontecido. Permaneceu longo tempo olhando o quadro de madeira e a configuração final, sentindo-se incapaz de dirigir o olhar para o adversário.

Ergueu-se inopinadamente, derrubando o tabuleiro e várias peças no chão. Levando a mão ao peito, tocou o distintivo do exército preso na lapela e sentiu as frontes latejando intensamente. O Moço tentou ampará-lo, mas ele se desvencilhou gritando: "Saia, saia, seu socialista de merda!". Esqueceu o latim e as boas maneiras. O Moço, por um instante, permaneceu olhando o rosto congestionado de seu adversário, sentindo-se confuso e culpado. Por fim, retirou-se. O Velho perdeu o equilíbrio, agarrou-se à bandeira brasileira que sempre ficava às suas costas e tombou ruidosamente sobre a mesa.

    Acordou algumas horas depois, no hospital. Abrindo os olhos, viu a irmã solícita, o sobrinho vestido com o uniforme verde-oliva e as insígnias no ombro a designar-lhe o posto ocupado. Seus olhos estavam nublados. Voltou-se para o lado, identificando o procedimento médico a que estava submetido: uma transfusão de sangue. O sangue do invólucro transparente gotejava vagarosamente, invadindo seu corpo, restituindo-lhe as energias e a vida. Lembrou-se de que seu tipo sangüíneo era O negativo, o que o fazia doador universal e receptor único. A irmã antecipou sua dúvida e disse, tentando acalmá-lo: "O doador possui seu tipo de sangue. É aquele, o jovem a quem você está ensinando a jogar xadrez". O Velho tossiu repetidas vezes, ergueu a cabeça e reparou no sangue a entrar lentamente em sua veia. "Vermelho e comunista" - murmurou baixo o suficiente para não ser ouvido. Sua irmã, ajeitando-lhe o travesseiro, continuou: "E ele mandou lhe dizer que, como você o deixou ganhar, tinha muito prazer em lhe fornecer o sangue. Deixou também esse papel com alguma coisa escrita, dizendo que você entenderia". O Velho tomou o papel e leu a expressão: *asinus asinum fricat*. E logo abaixo, escrito em caixa alta: "UM BURRO COÇA O OUTRO".

O REVÓLVER QUEBRADO

Bang, Bang, Bang! O menino levou a mão direita à barriga, apertou-a sem muita força, abaixou a cabeça e fitou demoradamente sua mão cheia de sangue. Todo esse movimento foi feito devagar. Ele então dobrou-se para a frente e, antes de cair pesadamente no chão duro de terra batida, olhou o rosto do delegado e ouviu sua voz fria, indiferente. Não havia rancor naquela voz. Tampouco compaixão ou piedade, talvez um certo orgulho mal disfarçado. "Chegou seu fim, Ticago!" Mal o delegado retornou o revólver à cintura, o "morto" saltou-lhe em cima. "Meu nome é Jesse (Jeeessê), e, se me chamar de Ticago outra vez, eu quebro a sua cara de pepino podre, tá?"

"Pára com isso, seu bosta". Quem tentava colocar ordem na casa era o Zé (Zé Pintado), o mais velho de nós quatro. Aproveitei para sugerir, pela centésima vez, que eu deveria ser o delegado, ou pelo menos o bandido e não apenas o auxiliar, que não brigava, não dava socos, nem dava tiros. O Zé gritou irritado na minha cara. "Você não tem revólver, já falei mil vezes!". "É isso mesmo" – repetiu o Bugio, um garotinho miúdo com cara retorcida, que tinha mania de concordar com o Zé Pintado.

Em vez de responder, eu tirei do cinto o meu revólver de madeira, feito por mim mesmo e que, em minha imaginação, era porreta, nunca errava um tiro e deixava todos os bandidos mortinhos da silva. "Isso é um pedaço de pau e você é o auxiliar do xerife e tá na hora de levar os cavalos todos para comer, e vê se não enche mais o saco!". Tudo isso o Zé falou começando baixo, mas, ao terminar, estava gritando.

Parecia-me que todas as crianças do mundo possuíam um revólver de metal. Muitos tinham espoletas e não precisavam fazer com a boca o estampido do tiro. Eu ficava espiando disfarçadamente os colegas acionarem os gatilhos, observando o fogo breve, semelhante ao que se depreendia do isqueiro de meu tio em suas tentativas para acender o cigarro de palha. Em seguida à claridade, vinha o barulho. Isso era fantástico, porém possuir um revólver era um desejo aparentemente irrealizável.

"Se não temos dinheiro para a comida, roupas e sapatos, os sorvetes e brinquedos são coisas proibidas nessa casa" – disse minha mãe em uma reunião de família que acontecia quando jantávamos arroz e feijão. É claro que nenhum de nós tinha qualquer idéia miraculosa para a solução de nossos problemas. Acho que foi minha irmã quem sugeriu o negócio das reuniões, usado na fábrica onde trabalhava. O objetivo era manter a família unida e solidária. A mãe fazia o possível para não antecipar sofrimento. Mantinha toda a dignidade possível para uma viúva com cinco filhos menores para criar; daí porque se calavam os desejos, e os sonhos secretos tornavam-se mais secretos ainda. Houve uma época, quando pai era vivo, que ficar doente trazia, com os xaropes, chás e banhos de assento, a realização de algum querer. "A doença desse menino é vontade de alguma coisa" – dizia alguma parenta que nesse tempo estava sempre por perto e que depois sumira, rareando cada vez mais as visitas. "É coisa de lombriga, vai ver que viu doce na padaria, talvez marmelada" – falava tia Francisca, ela própria cheia de desejos dos doces imaginados.

Conseguir algo desejado era fácil. Bastava ficar doente, deixar-se na cama, dizer que não tinha fome, ter febre, medida pela costa da mão tocando a testa, descendo para a barriga e retornando à testa cada vez mais quente, segundo se imaginava. Agora, nada de doença. Ficar doente era pura atrapalhação. Mãe perde dia de serviço e dinheiro diminui. Isso até Nélia, minha irmã mais nova e sempre cheia de dengos, sabia decor e salteado. Nada de febre, nada de desejos, nada de brinquedo. Então tratei de esconder de todos o meu sonho e, ao mesmo tempo, torcia para que adivinhassem. Esperava que mãe dissesse: este mês sobrou um dinheiro, o que você quer ganhar? Em minha fantasia me via rindo por dentro e por fora com o revólver de metal e uma caixa cheinha de espoletas nas mãos. E atirava em todos os bandidos: Bang! Piammm! (tiro ricocheteando nas pedras que a meninada não se cansava de imitar das cenas dos filmes de Roy Rogers que passavam nas matinês de domingo no Cine São Sebastião). Depois pulava no inseparável cavalo branco e galopava em busca de novas aventuras.

Tanto eu torcia que a adivinhação aconteceu. O desejo saltava dos olhos, das mãos, do corpo. Era impossível conter algo tão imenso em um menino magricela de sete anos. E o querer se derramava em quase todos os gestos, falas, silêncios, teimando em aparecer mesmo quando não se pretendia. Aí comecei a adivinhar a adivinhação deles. Sabiam do meu segredo, varavam-me a alma, empurravam-se para dentro de mim sem serem convidados. Uma frase interrompida aqui, uma troca de olhares entre mãe e Querubina (minha irmã mais velha), quando Tico me chamava para brincar... Talvez tenha sido daí que comecei a prestar atenção nos gestos e sinais que as pessoas às vezes deixam escapar, tornando possível decifrar o que elas pretendem esconder.

Estava a um mês de meu aniversário. Em casa não havia festa com bolo, doces e presentes. Nem me lembro como eram os aniversários. Recordo-me claramente de ter pensado que me dariam o objeto idealizado. Todo mundo sabia o que eu queria. Cheguei a pensar que o namorado de Querubina, para agradá-la, me daria esse presente. Nasci no dia seis de novembro e nada aconteceu de extraordinário quando completei oito anos. Esperei o dia todo. À noite, resisti bravamente ao sono. Fui para a cama no quartinho dividido com meu avô, que então já dormia há muitas horas e me deixei ficar um bom tempo aguardando, atento a algum sinal indicativo de que mãe se achegaria à minha cama, com o objeto meio escondido, meio visível e me entregaria, rindo, o presente. Atrás dela, Querubina, Carlos e Letícia (meus outros irmãos pela ordem de idade) também viriam ver minha cara de felicidade. Nélia não estaria porque era a primeira a ir para a cama e, por certo, já se encontrava dormindo. Nada aconteceu! Todos foram dormir, ficando apenas um imenso silêncio, no quarto, na casa, no mundo.

Os dias que se seguiram foram murchos, vazios de novidade, preenchidos apenas pela rotina da pobreza. Mãe, Querubina e Carlos trabalhavam o dia todo. Letícia gerenciava a casa com minha ajuda. Cabia-me principalmente tirar água do poço, abastecer um latão que ficava próximo da porta da cozinha e lavar a louça, areando as panelas com pó de tijolo quebrado. Dias depois do aniversário caí doente de verdade. Sentia-me desanimado, fraco. Passamos alguns dias sem banha para fazer arroz e Letícia cozinhava tudo com um pouco de sal. Não era fácil engolir aquilo. Nélia ajudava no que podia.

Sarei completamente graças às visitas constantes de uma menina, a Zezé. Estava sempre com um vestido azul de bolinhas brancas, parecendo encolher a cada dia, enquanto ela ia ficando maior, com as pernas grossas exibidas ao meu olhar xereta. Zezé era a única morena de seis irmãs branquelas, filhas de um casal português. Morena e bonita! Desprezada pelo pai que nada entendia de genoma, mas conhecia muito bem o quanto a mulher era curiosa em relação aos mulatos que o ajudavam na fábrica de colchões de capim. Essas e outras coisas eu ouvia das conversas dos adultos, interrompidas à minha chegada. Zezé trouxe, com seu olhar triste e seu jeito de saber mistérios, a notícia de que o Natal estava próximo. Olhou-me demoradamente, modo pouco comum de me olhar; espiando por dentro, perguntou o que eu queria ganhar. Fiquei calado. Ela compartilhou desse silêncio feito de tristeza. Foi aí que o sonho voltou, como uma maldição, uma praga que gruda, como falava Joaquina, uma negra benzedeira que a meninada achava ser bruxa. No Natal, eu iria ganhar o revólver. Impossível que isso não acontecesse. Havia os tios, os padrinhos, Querubina com seu namorado, mãe trabalhando cada vez mais. Se ninguém desse conta de comprar, achar, roubar um revólver, havia Jesus. Foi aí que comecei a pensar seriamente em Jesus. Quem era, que fazia, que poderes possuía. Ele poderia resolver meu problema? E se não quisesse?

 Chegou finalmente o dia de Natal. Cada um ganhou alguma coisa. Nélia ficou toda exibida com a sandália nova, para substituir a velha, que já não se agüentava. Chegou minha vez. Boca seca, coração batendo rápido, procurava disfarçar a ansiedade.

Minha mãe foi ao armário e trouxe um objeto, escondendo-o parcialmente entre as mãos. Aproximou-se sorrindo. Todo mundo com cara de curiosidade. Deixava entrever uma parte do objeto mantendo o restante nas mãos. O cabo de um revólver de metal apareceu, brilhando. Estiquei as mãos e ela depositou devagar, saboreando o momento. Quando tomei posse, vi surpreso que se tratava do resto do que fora um revólver: um cabo e um cano quebrado, possivelmente jogado fora por algum garoto que sabia de sua inutilidade.

Nunca mais brinquei de mocinho e bandido.

O NOME DELA

— Parabéns, Vô. Feliz aniversário! Então, setenta e nove anos? Nem parece.

Após dizer todas essas coisas recomendadas pela mãe, o neto mais velho beijou-lhe a face. Ao lado, seu pai sorria complacente e completava.

— É isso aí. Ainda vai viver muito. Acaba ficando para semente.

— Semente da boa, semente da boa, repetiu duas vezes sua mulher, supondo que ele não tivesse ouvido.

A tagarelice dos parentes parecia não ter fim. Como há muito não lhe davam oportunidade de falar, ele foi adquirindo esse jeito apalermado dos velhos, que ouvem ou fingem ouvir e balançam a cabeça com um sorriso inacabado no rosto.

— Memória perfeita, intacta. O Vô lembra tudo. Não é mesmo?

Novamente, antes que ele respondesse, matraquearam adjetivos, não economizando nos superlativos, conservadíssimo, fortíssimo, animadíssimo e, por fim, continuaram conversando entre si. Maridos e respectivas esposas dirigiram-se à sala. Tinham muito o que dizer uns aos outros: os estudos dos filhos, as férias passadas no litoral, a rotina do trabalho. Os primos fugiram barulhentos para o quintal. A mulher escapou silenciosa para a cozinha, levando consigo Viviane, a netinha mais nova.

Ficou como havia se acostumado nos últimos anos, só e em silêncio, na varanda da casa. Espiou o movimento pela porta entreaberta, fechou por um momento os olhos e pensou. Se julgavam que nada tinha a dizer, que não pensava, não sonhava, estavam enganados. Em sua vida interior, havia agilidade, dança, música, ternura, pecado e também um pouco de desencanto. Pensou no que disseram sobre a memória. De fato, sempre a tivera privilegiada. Porém, nos últimos tempos, ela lhe faltava. Não que houvesse esquecido tantas e tantas coisas maravilhosas que havia vivido. Se quisesse, podia recordar todos os rostos das mulheres que amara na juventude. Não eram muitas. Talvez uma dezena ou um pouco menos. Lembrava-se igualmente de vários amigos. A maioria havia morrido. Uns três ou quatro, sabia-os ainda vivos. Também podia puxar lembranças mais antigas, as experiências da infância: empinar pipas, nadar às escondidas no córrego não poluído, armar circo, jogar futebol de botão. Até se lembrava de um botão ao qual dera o nome de um centroavante do Santos. Caprichos da memória: recordava-se plenamente de um botão e temia esquecer o nome de uma pessoa que havia amado. E os cachorros que tivera? E o pai e a mãe? Os irmãos? O avô, a lhe mostrar a imensidão do mundo, prolongando-se adiante da rua onde ficava sua casa. Mundo em que cabiam países enormes como a China, a Rússia, os Estados Unidos e diversos outros que existiram e haviam desaparecido. E, além desses e outros, uma ilhazinha no Caribe, pela qual se apaixonara na juventude, num sonho de liberdade. Ainda se lembrava do poema de Nicolas Guillén.

Cuba navega em seu mapa:
Um longo lagarto verde
Com olhos de pedra e água.

Mesmo que quisesse, não podia esquecer essa época de paixões, sonhos, utopias repletas de paz e de exigências para a construção de um mundo novo. Foi nesse período que a conheceu. Em meio a livros e músicas, passeatas e discursos, os estilos *nouvelle vague* e o neo-realismo italiano dos filmes de Godard, Rossellini, Fellini e também de Glauber, ela surgiu tímida e atrevida. Se apreciava, indolente, Mark

Twain, mais gostava, inquieta, de Sartre e Herbert Marcuse. Os cabelos eram claros, ao sol ganhavam tonalidades diversas, emoldurando o rosto mesclado de seriedade e alegria. A roupa branca, solta, voluteante ao vento, não lhe escondia totalmente o corpo, mas antes, realçava sua sensualidade. Essa imagem dela, toda de branco, passou a lhe fazer companhia nas viagens, motivada pela busca de trabalhos em outros lugares. Lembrou-se de que sua primeira calça *jeans* foi um presente dela, apenas pela tarde de outono e pelos beijos, segundo sua explicação. O desbotado ela havia obtido às custas de muitas esfregadas e sol. *Jeans* azul, comprado de contrabando, com dinheiro subtraído dos lanches que deixara de fazer. Ele gostava do azul, ela do branco e para agradá-lo, cantarolava baixinho, imitando Elis Regina.

> *Você que é feito de azul*
> *Me deixa morar nesse azul*

Ele a chamava de louquinha, com braços e abraços retendo-lhe o corpo enquanto as mãos procuravam mistérios, denunciados no tom das vozes, nas batidas adoidadas dos corações e nos beijos molhados. Depois, era a sua vez de cantar outra canção preferida.

Vai minha tristeza
E diz a ela que, sem ela, eu não posso mais viver

Passavam as tardes rindo, combinando futuros. De como seriam os bichos que criariam, as árvores, as folhagens e a casa. Os filhos, três biológicos e um adotado. Não sabiam precisar datas, mas isso se daria quando da gravidez do último, que seria uma menina. Em um encontro, procurando vencer a relutância dele quanto ao número de filhos, ela levantou o vestido e falou sorridente: "Olha esse corpo, repare bem, foi feito para você fazer filhos".

E quando o futuro começava a se fazer presente, talvez por medo de uma felicidade mais feliz, se separaram de maneira incompreensível para ambos. Sem briga, queixas ou ressentimentos, cada qual buscou se achar em caminhos diferentes. A revolução não aconteceu, as promessas não se cumpriram, os filhos não nasceram.

Depois do adeus, tantos anos se passaram e ele nunca mais pronunciou o nome dela. Guardou-o como se guarda uma relíquia ou um segredo inviolável, sagrado, com cuidado de que não se lhe escapasse do coração em um momento de bebedeira ou tristeza. Pacto feito consigo mesmo, que, acaso rompido por descuido ou leviandade, havia de atrair a cólera dos deuses, especialmente Eros e Afrodite.

Mais de quarenta anos se passaram quando ele, um dia, percebendo que sua memória fraquejava, teve medo de esquecer o nome dela. Adotou, então, a estratégia de repeti-lo para si, como um exercício mnemônico. Não contava com a vigilância dos parentes.

— O Vô anda falando sozinho, confidenciou sua nora à mulher.

— Já percebi, mas faz dias que ele parou com essa mania. Se for cíclica, ela volta.

Não voltaria. Antes que alguém desconfiasse de que a mania era apenas saudade, voltou ao silêncio habitual. Mas deu para sair mais vezes, fugindo do patrulhamento dos familiares. Longe de casa, junto ao barulho das águas do pequeno córrego, repetia quase com devoção o nome dela. Repetia-o muitas vezes, como se a chamasse, tendo, então, a certeza de que jamais iria esquecê-la. Esse ritual trazia-lhe a sensação estranha de que, apesar de ignorar seu paradeiro, a protegeria como um cavalheiro, até morrer.

MOÇO, O SENHOR VIU MEU PAI POR AÍ?

A chuva era torrente. Dessas chuvas próprias do litoral. Abundante, contínua, incessante. A água ocupou rapidamente todas as reentrâncias do solo, estivessem com calçadas ou não, dando a impressão de que céu e terra haviam se fundido. Logo de início, os grossos pingos espantaram aqueles que sabiam perceber, como por instinto, os caprichos da natureza. Pouco tempo depois, as ruas estavam vazias: os comerciantes haviam fechado suas lojas, os feirantes desarmaram as barracas e mesmo os bares pararam de atender seus fregueses mais acomodados, convencendo-os a se retirarem. Todo mundo se viu tomado de uma pressa pouco usual naquele lugar. As marquises protetoras serviam apenas de parada momentânea, onde os transeuntes permaneciam o tempo suficiente para recuperar o fôlego, ajeitar agasalhos, orientar-se e, em seguida, desandar nova correria em direção ao automóvel ou ao ônibus. A visibilidade era precária e a chuva não mostrava sinais de diminuir o ímpeto. Contrariando qualquer reza mais forte ou mandinga feita com clara de ovo, os gnomos pareciam estar associados aos demônios encolerizados, continuando a despejar água nos pobres mortais.

Um homem aproxima-se de uma marquise. Traz, grudados em suas pernas, atrapalhando seus movimentos, um menino e uma menina com cerca de seis e quatro anos, respectivamente. Além dos filhos, o homem carrega, ainda, uma sacola de compras e um guarda-chuva que, naquela situação, pouco lhe servia. Abrigando-se precariamente sob a laje estreita, faz tentativa inútil de enxugar as grossas lentes dos óculos na própria camisa, já bastante encharcada. Chama a atenção das crianças para o automóvel estacionado não muito distante, próximo ao final da rua. O veículo se constitui esperança de abrigo e de retirada daquela área, que ia se fazendo perigosa. Abaixa-se parlamentando com os filhos. Argumenta, propõe, explica e por fim decide. As crianças concordam, não tinham mesmo como dar o contra. Em seguida, sai com o menino grudado em seu pescoço, apoiado em um de seus braços, e, com o outro, segura como pode a sacola e o guarda-chuva. A menina encosta-se na parede e fica a olhá-los até que eles desapareçam de sua visão.

O tempo é excessivamente perverso para quem espera, especialmente quando se trata de uma criança vivendo aquela circunstância nada agradável. A pequena dá um passo à frente e não enxerga nem o pai, nem o irmão. Vasculha com o olhar toda a área, percebe um vulto correndo em direção oposta à sua, mas não identifica quem seja. Ela começa a ficar intranqüila, passa as mãos nos bracinhos retirando a água. Como se sentisse a obrigação de fazer alguma coisa, repete esses movimentos, observando a água cair e se misturar na lama sobre a calçada. De repente, alguém chega correndo e pára próximo a ela, no mesmo abrigo.

A menina ergue os olhos esperançados. Verifica, desencantada, que não se trata de seu pai. Abaixa a cabeça, entristecida, segurando o choro prestes a romper em seus olhos. Subitamente, em seu olhar reacende um brilho de alegria. Puxa a mão do desconhecido e pergunta-lhe: "Moço, o senhor viu meu pai por aí?". Este, ouvindo aquela voz doce e angustiada, demora-se a reagir. Quando se dirige à criança para responder, o pai da menina reaparece e com uma cara pouco amigável, toma a filha ao colo. Antes de sair, endereça-lhe um olhar enviesado e, por fim, afasta-se correndo sob a chuva. A pequena, apesar do temporal, era, agora, toda sorrisos. Com jeito de quem alcançou um porto seguro, balança a mão em sinal de adeus. O homem fica olhando até que pai e filha desapareçam. Então respira fundo, encosta-se na parede. Em sua cabeça ressoa a voz da criança a lhe perguntar: "Moço, o senhor viu meu pai por aí?".

A fisionomia da menina desconhecida confunde-se, em sua imaginação, com o rostinho da filha que deixou em casa chorando. Por descontrole e desavenças com a mulher, pretendia ir embora, abandoná-las. No máximo da irritação, saiu à rua, decidido a não mais retornar, sendo então surpreendido com o aguaceiro. Sentia-se confuso. Lembrando-se da pergunta da garotinha e da pronta ação de seu pai, muitas coisas passavam por sua cabeça: e se o vento destelhasse a casa? O que faria a esposa para se proteger e proteger a filha se algum vizinho embriagado as molestasse? Como poderiam resolver o problema do leite e do pão? Quem aconchegaria a criança quando o vento soprasse com furor?

O cérebro lhe parecia povoado por mil fantasmas, perguntando coisas que não sabia responder. Deu-se conta de que apertava fortemente as mãos nos bolsos do casaco, provocando-lhe um ardor desagradável. O pior de tudo era a tristeza que sentia e a sensação de que não se conduzira bem. Tentou respirar normalmente, mas o coração acelerado, tanto pelo esforço da corrida para se proteger da chuva quanto pela emoção que experimentava, dava sinais de que precisava de ar. Novas perguntas e novas apreensões surgiam em sua mente, fazendo-o sentir medo. Nunca havia imaginado a falta que poderia fazer. Num átimo, girou sobre os calcanhares e, sem se importar com a chuva, desandou a correr de volta para sua casa.

COM AÇÚCAR E COM AFETO
(Lembrando Chico Buarque)

Seu nome, Dagmar. E ela era tão simples como o nome. Para simplificar pessoa e nome mais ainda, os amigos mais chegados, que se resumiam em quatro ou cinco, passaram a chamá-la de Dag. Descrevê-la não é tarefa fácil. Começo por esclarecer quase nada ao dizer que não era nem alta, nem baixa. Os cabelos castanhos sempre escorridos, o rosto ligeiramente comprido, nariz afilado, sem ser extenso. A boca puxava a ascendência negro-angolana, por isso era grande, emoldurada por lábios grossos de cor arroxeada. Os olhos pequenos e redondos e a tez morena, ligeiramente escura. Sua graça e atratividade se concentravam principalmente no corpo bem proporcionado e no jeito de andar. Não havia, no bairro da Lapa, e talvez em todo Rio de Janeiro, mulher alguma com aquele caminhar. Quem a visse na rua com os passos amplos, firmes, ondulados, interrompia o que estivesse fazendo para olhar, ou melhor dizendo, apreciar. Essa admiração não era apenas dos homens jovens e maduros, mas também de meninos ainda sem prenúncio de barba e de velhos, barbudos ou não. Estes, nessas ocasiões em que a viam passar, sentiam-se menos tristes e cansados e não raro exibiam o brilho da vida no olhar.

Dagmar, para desolação de muitos, tinha se casado com um jovem chamado Reimundo, proveniente das Laranjeiras, precisamente do Morro Mundo Novo, onde havia nascido. Cresceu ali, assistindo aos jogos do Fluminense e fazendo viração até obter emprego no Catete. Era esse rapaz o privilegiado ganhador do coração da moça. O pai, ao registrá-lo, carregou no "e" e o escrivão escreveu como ouviu, sem se preocupar com esclarecimentos. Reimundo disso nunca se desgostou, pois, ao praticar futebol de várzea, passou a ser chamado de Rei. Acreditando reinar nas Laranjeiras, inventou que o tricolor pretendia investir em seu futebol, mas que ele não era de treinar e por isso estava jogando fora a oportunidade de sua vida. Reimundo esperava e acreditava que sua história fosse levada a sério, que qualquer dia, não muito adiante no tempo, alguém o procuraria com um contrato e a gloriosa camisa 10 do Fluminense. Porém, entre o desejo e o acontecimento havia mais distância do que entre Laranjeiras e Santa Tereza, onde, por acaso, conheceu Dagmar.

Casados fazia menos de dois anos, Dag se dizia a mulher mais feliz do planeta. Freqüentemente se achava bonita e se fazia bonita para o marido. Pintava os lábios, colocava saia amarela estampada de azul e introduzia blusa vermelha apertada, realçando os seios. Mas a rotina de afazeres dos dias iguais, o fogão e o tanque a exigir presença e esforço e, principalmente, a indiferença contumaz de Reimundo foram apagando o brilho dos olhos de Dagmar, que não se cansavam de chorar. Ela, cada dia mais humilde e solícita. Ele, cada dia menos caseiro e mais indiferente. Não se podia dizer que Rei fosse do tipo grosseiro, que a maltratasse. Simplesmente vivia voltado para si mesmo, parecendo ignorar-lhe os sentimentos e, às vezes, a presença. Como não se demorava em casa, também não a olhava com vagar – esse olhar de adivinhação, de sondar tristezas, alegrias e desejos –, como fazem os que se amam.

Reimundo ignorava tudo ou fingia tudo ignorar. Aos poucos, foi recuperando muito de sua vida de solteiro, incluindo nela algumas comodidades do casamento, como as coisas pessoais bem cuidadas, a alimentação saudável e, por sua conta, novos amigos e amigas. Dagmar aprontava suas roupas de acordo com as situações sociais e se esmerava nos pratos preferidos, na tentativa de segurá-lo por mais tempo em casa.

> *Com açúcar e com afeto*
> *Fiz seu doce predileto pra você parar em casa.*
> *Qual o quê!*

Reimundo permanecia pouco tempo em casa. Tempo de se banhar e colocar roupa limpa, bem passada. Tempo de se alimentar e, quando muito, o breve instante de um beijo resvalado no rosto da companheira, seguido de um tocar fugidio de mão e o recado, como quem estava sendo atencioso, de que não o esperasse para o jantar. E, incontinente, ganhava as ruas, praças e botecos. Nesses ambientes, gastava suas horas, sua alegria regada a cerveja e, é claro, boa parte do ordenado. Quanto mais dinheiro, mais crédito, mais amigos com novas idéias de como gastar as horas e o salário. Em casa, Rei estava sempre fazendo apontamentos sobre como economizar e se queixando dos "tempos bicudos", e Dag cortando despesas, costurando, fazendo a própria roupa e a da vizinhança, procurando guardar trocados, exibidos como triunfos para receber aprovação do marido.

Você diz que é um operário
Vai em busca do trabalho
Pra poder me sustentar
Qual o quê!

As grandes cidades são repletas de bares e freqüentadores: os que fazem paradas ocasionais, comem, bebem, conversam e saem e os Reimundos com seus rituais. Estes são cativos, conhecidos, comemoradores habituais de tudo e de nada, fazendo os botequins virarem rotina em suas vidas. Se lhes fosse tirado o bar, possivelmente morreriam.

No caminho da oficina
Há um bar em cada esquina
Pra você comemorar
Sei lá o que

Reimundo não apenas comia e bebia, também namorava, gastava e se endividava. Isso e mais outras coisas não tardaram a chegar aos ouvidos de Dagmar. O ruim não era a notícia, que na verdade confirmava o que ela já pressentia há um bom tempo. Muito mais desagradável era como os acontecimentos foram sendo narrados. Algumas amigas mesclavam compaixão fingida à bisbilhotice disfarçada: "Não é que eu queira me meter em sua vida, mas você é tão boa. Não me conformo em vê-la enganada..."; "Tenho horror de falar da vida alheia...". Os amigos não conseguiam esconder a cupidez e, com os olhos no corpo de Dagmar, desfilavam frases aparentemente inocentes, porém entrecortadas de suspiros e lânguidos olhares: "Você não merece isso... Eu estou ao seu lado"; "Sou um ombro amigo para você esquecer essa dor"; "Pode contar comigo, pois eu sempre gostei de você...".

Assim corriam o tempo e as angústias de Dagmar, pois que da indiferença o companheiro passou à impertinência, criticando-a de maneira ferina mesmo na frente de suas amigas ou freguesas de costura. Se Dagmar se queixava, Reimundo ria ou se zangava, chegando em casa mais tarde ainda.

Vem a noite e mais um copo
Sei que alegre ma non troppo
Você vai querer cantar
Na caixinha um novo amigo
Vai bater um samba antigo
Pra você rememorar

Com Rei vivendo a sua vida e as dívidas chegando, Dag esforçava-se por vencer a tristeza e a decepção. Refletindo sobre a necessidade de buscar recursos para seu sustento, decidiu procurar emprego. Apesar de tímida, ela tinha um olhar que inspirava confiança e não lhe foi difícil obter colocação em uma empresa de representação de cosméticos. Foi então que sua vida mudou. Comida farta no fogão e na prateleira. Utensílios novos para a casa. Roupas novas. Quase tudo foi mudando. Permaneceu o mesmo jeito de andar, a sinceridade e o mesmo amor. Permaneceu também o mesmo Reimundo, boa pinta e boa vida e Dag protetora de sua felicidade.

> *E ao lhe ver assim cansado*
> *Maltrapilho e maltratado*
> *Ainda quis me aborrecer*
> *Qual o quê*
> *Logo vou esquentar seu prato*
> *Dou um beijo em seu retrato*
> *E abro os meus braços pra você.*

Ainda que seu cotidiano fosse amargo e freqüentemente sentisse muita solidão, Dagmar se superava, mantendo absoluta fidelidade. Criativa, amorosa, dedicada, ela continuou adocicando os dias de Reimundo com açúcar e com afeto.

BANQUETE AO MINISTRO

Rufino aproxima-se de sua casa. Pés descalços, andar arrastado, puxando de uma perna. Caminha devagar. Na mão direita carrega uma vasilha contendo farinha de milho, recebida de Nhá Chica, sua comadre. Magro, pele curtida pelo sol, expressão severa em um rosto que não sabe mais sorrir; Rufino completou setenta e seis anos. Trabalhou a vida inteira em serviço de lavoura e ainda arrenda quintal nos bairros próximos, para ajudar nas despesas. Mora em casa de dois cômodos com a neta, uma mulher valente, que, abandonada pelo marido, cria três filhos, um dos quais, o do meio, foi-lhe deixado à porta. Esse já tem dois anos, o mais velho três e o último, que mal engatinha, completou um ano de idade.

Rufino pára, consulta o sol procurando adivinhar a hora, passa a mão nos cabelos encarapinhados, cospe de lado e continua a subida íngreme da viela que o leva até sua casa, no alto da favela. De um lado e de outro, os barracos se apertam. Os quintais são raros, o suficiente para as fossas sanitárias, de uso coletivo, apresentadas em casinhas de madeira cobertas de latas e compensados. Eventualmente, observa-se algum arvoredo raquítico, espremido entre pedras e paredes de casas.

Finalmente, Rufino chega à sua casa, desenrola o barbante que mantém a porta fechada e adentra o espaço onde se localizam o mobiliário e demais utensílios: fogão a gás, mesa de madeira, uma prateleira também de madeira com vasilhames de alumínio e plástico, um colchão de capim sobre um estrado e um pequeno tambor, assentado sobre alguns tijolos tipo oito furos. No tambor é guardada a água para se fazer comida, beber e tomar banho. Uma meia parede de madeira separa esta parte da outra, onde estão duas camas de solteiro, um berço e um pequeno guarda-roupa. Rufino coloca a vasilha com farinha sobre a mesa, ingere um pouco de água de uma caneca e deixa-se cair pesadamente no colchão, derramando o resto da água sobre a cabeça. Puxa um pedaço de madeira, usado como tábua de carne, caído rente ao pé da mesa. O movimento assusta uma barata, que fica imóvel ao alcance de sua mão. Ele fica ali, sem saber o que fazer, olhando a barata. Tem fome, sente ligeira tontura acompanhada de um zumbido em ambos os ouvidos. Leva as mãos em apoio à cabeça, balançando-a com força. Procura, então, normalizar a respiração e aos poucos parece recuperar o equilíbrio. A barata move-se um pouco, em sentido oposto ao da porta, fugindo da claridade. Rufino continua olhando-a, vagarosamente, desce uma das mãos até o bolso traseiro, retirando o antigo canivete de cabo vermelho escuro e lâmina bem afiada.

Lembra-se de ter lido em um antigo almanaque que a barata apareceu na Terra primeiro que o Homem e que tem extraordinária capacidade de sobrevivência. Para tanto, ela pode ficar muito tempo sem se alimentar e come tudo o que pode digerir. Não entendeu coisa alguma dessa história dela ter aparecido antes do Homem, mas gravou muito bem que esse bicho come o que encontra pela frente, seja lá o que for. Comer tudo, é essa a solução, pensa. Já não vê a barata, abre o canivete, coloca o pé esquerdo sobre a tábua, encosta o canivete no dedão. Faz tudo isso lentamente e a cabeça parece novamente girar. Segura firme um pesado toco de madeira, fecha os olhos e bate com força sobre o canivete.

O Ministro percorre o hospital. Ao seu lado, assessores, repórteres, médicos e o diretor do estabelecimento de saúde. Ouve referência aos equipamentos modernos, à capacidade da equipe médica, ao cuidado com a assepsia, à prática da benemerência e, é claro, à sua atuação dinâmica. Nada de doentes nos corredores, filas, esperas, chamadas insistentes de campainhas. Tudo parece funcionar bem, digno de padrão europeu pensado, é claro, em termos de Suíça ou Alemanha. Mas o Ministro quer também conversar com os doentes, isso sempre lhe rende dividendos políticos. Decide-se por um quarto, onde estão três homens acamados. Aproxima um assessor ágil e discreto, segredando ao seu ouvido o nome do primeiro. O diretor, dando mostra de estar inteirado do caso, conta-lhe que o homem fora internado à noite, com grave quadro de hemorragia em função de um acidente, que quase o levou a perder o dedo do pé.

— Então, seu Rufino, como foi isso?

— Tentei cortar o dedo com o canivete, mas tô velho, fraco e desmaiei. Quando minha neta chegou havia sangue pra todo lado e a vizinhança me trouxe para cá. Quando o médico soube do ocorrido, falou que o caso era interessante nesse momento e mandou internar.

— O senhor esperava obter alguma indenização trabalhista?

— Não. O que eu queria...

— Então pretendia se "encostar" no INSS? Interrompe o Ministro, entre severo e benevolente.

— Qual o quê! Trabalho desde oito anos e nunca patrão algum assinou minha carteira. O documento tá lá, protegido dentro de um plástico, guardado numa maleta.

— Mas então, por que o senhor cortou o próprio dedo?

— Queria era engrossar a sopa de farinha e água e sobreviver como a barata, comendo de tudo.

O Ministro vacila por breve momento, mas, lembrando-se da imprensa, encerra rapidamente a conversa voltando-se ao corredor. Satisfeito, nota que os jornalistas acompanham-lhe os passos. Imagina o que poderia acontecer se uma história dessa caísse na mão de um jornal de oposição e anota mentalmente que deve parabenizar o assessor que rapidamente induz o pessoal da imprensa a acompanhá-lo. O diretor aproveita para falar das verbas do governo para a construção de um novo prédio.

Dirigem-se todos para a sala de refeição privativa da diretoria, devidamente enfeitada para a ocasião. À porta, uma faixa dá boas vindas às autoridades. Uma jovem muito bonita e bem produzida se encarrega de conduzir o Ministro até a mesa principal. Palmas! Todos se acomodam, pedem discursos. O Ministro, ainda não refeito, segreda ao ouvido do assessor que, em seguida, inicia a palestra: "Vossa Excelência, o Ministro da Saúde, conhecido por todos como Ministro do Povo, deu-me a honrosa incumbência...". Terminados os discursos, o banquete inicia. O Ministro serve-se apenas de saladas e água mineral importada. A jovem aproxima-se solícita e pergunta.

— O doutor aceita lombo assado?

— Não, obrigado. Uma vez a cada mês não como carne. Sou rigoroso, neste dia recuso até pedaço de dedão.

A jovem, mesmo sem nada entender, continua sorrindo, procurando demonstrar admiração. Nenhum repórter presente registrou o ato falho do Ministro. Os jornais do dia seguinte estampavam em manchete: MINISTRO DA SAÚDE INAUGURA HOSPITAL MODELO.

TRISTÃO E ISOLDA

Brejo das Freiras, Cajazeiras, Paraíba, uma tarde do mês de setembro. Faço amizade com um cajazeirense, cujos pai e avô, ele me conta, são, igualmente, filhos da terra. Falante, bem humorado, tipo bem cuidado, tendendo para a obesidade, ele toma todas as iniciativas. Ao seu lado, a esposa, uma jovem morena, bonita, discreta, com olhos de admiração pelo marido. Ele, embalado naquele olhar do tipo "só existe você", se apresenta.

— Eu me chamo Tristão.

Estendo a mão e digo meu nome. Cumprimento a moça e ela, oferecendo-me a mão, diz:

— Muito prazer, Isolda.

Penso se tratar de uma brincadeira e meu olhar segue de um para o outro esperando a continuidade do gracejo. Ambos caem na risada e Tristão, como quem se desculpa, confirma:

— É isso mesmo, somos Tristão e Isolda de batismo e de registro em cartório. Vocês do sul pensam que todos os nordestinos se chamam Severino, Januário, Oreste, Das Dores, Perpétua e Edwirges.

Aqui em Cajazeiras não é assim. Ou pelo menos nem sempre foi assim. Há mais ou menos 30 anos se elegeu para prefeito um político, homem de letras, conhecedor de todos os clássicos, que decidiu fazer uma campanha para se colocar nomes diferentes nas crianças que iriam nascer. Ele esperava que, com novos nomes, surgissem histórias pessoais e coletivas diferentes das vidas dos Severinos e das Severinas. Portanto, temos, aqui, uma safra de indivíduos com nomes pomposos. O Sócrates se deu bem e tem mercearia na praça; Madalena seguiu, em parte, o destino da outra e virou quenga; Parmênides planta macaxeira; Julieta é professora da escola municipal, mas, segundo dizem, não tem vocação para virgem; Aristóteles nunca quis saber de livros, porém é goleiro titular do Esporte Clube Cajazeiras.

Tudo o que Tristão me contava era muito interessante. Perguntei então ao casal:

— E quanto a vocês? Não se esqueçam que a história de Tristão e Isolda não teve final feliz.

— A gente não se preocupa, pois meu velho avô ensinou receita infalível para a felicidade. Ele aprendeu com seu pai, portanto meu bisavô, o segredo para o casamento ideal, quando tinha ainda dezenove anos e a moça dezesseis. Naquela época casava-se jovem. Fizeram a festa do casório e o noivo estava doidinho para sair com a esposa e consumar o ato. Até que conseguiu, às escondidas, deixar aquele povaréu. Pôs a moça no jegue, saltou na garupa e pocotó, pocotó, pocotó, levantou poeira na estrada do sertão, rumo à sua casa. Adiante, o jegue vacilou, pocotó, pocó, pocotó. Ele então disse: PRIMEIRA VEZ. Mais adiante, nova vacilada do animal e ele: SEGUNDA VEZ. Viajaram mais um tempo e o jegue: pocotó, pocotó, pocó. Ele gritou: TERCEIRA VEZ. Sem vacilar, saltou do bicho, tirou a mulher para um lado, pegou a velha espingarda e: PAM! O animal caiu duro. A moça gritou e o acusou de cruel, desumano, infeliz, coisa-ruim e outros nomes. Ele então, fazendo um gesto com a mão, interrompeu a esposa e disse: PRIMEIRA VEZ. Ela pegou a trouxinha do enxoval e, caladinha, seguiu o marido. Viveram felizes para sempre.

    Conversamos ainda por um bom tempo. Tristão esbanjava uma alegria narcisística, de quem anda de namoro com a vida, e Isolda, amável, adulando-o como uma gueixa do sertão, representava o complemento ideal. Na despedida entre votos de bem-estar e promessas de novos contatos, ele acrescentou:

— A propósito, sabe tu o nome do atual alcaide?

Respondi que ignorava totalmente. E ele, quase gritando:

— O cabra se chama Dimas! Aquele mesmo das sagradas escrituras, "O bom ladrão". Coronel Dimas, visse?

FREUD E A LATA DE MANTEIGA

Pertenço a uma grande família comandada, no passado, por meu avô. Meu pai e meus tios, ao se casarem, ficaram residindo com o velho patriarca, que impunha, em tudo, seu modo de ver as coisas, da escolha das esposas à educação dos netos. Cada família tinha, na fazenda, sua própria casa, todas absolutamente iguais em tamanho e formato, com poucas diferenças no mobiliário. Também as retiradas em dinheiro concedidas pelo velho eram de igual montante, salvo no caso de necessidades especiais, exemplificadas unicamente por doença, morte e nascimento de filhos. Nessas ocasiões, vovô, ele próprio, se atinha com as despesas e se permitia certas generosidades, em especial quando da vinda dos netos. No mais, as regras eram severas. A jornada de trabalho era cumprida do nascer ao pôr-do-sol. As refeições, à exceção da última, eram realizadas no local de trabalho.

O jantar ocorria na varanda da cozinha da casa de minha avó, quando todos já haviam se banhado. Meu avô ocupava a cabeceira da mesa, minha avó ficava à sua direita e os demais lugares eram ocupados em ordem decrescente de idade, com as noras sentadas à esquerda dos maridos. Havia uma mesa destinada aos netos, supervisionada indiretamente por uma das noras e diretamente pela vovó, que intervinha quando ocorria alguma dificuldade.

Lembro-me que, certa ocasião, um primo, o mais novo, recusou o prato de comida. Minha mãe, tentando contemporizar, insistiu que ele comesse, mas Antônio simplesmente se negava a fazê-lo. Foi quando vovó decidiu intervir. Antes que isso acontecesse, ouvi Gino, o mais velho dos primos, dizer: "Ce tá louco, a Vó está vindo aí". Mas foi tarde demais. Minha avó já havia se inteirado da situação. Ela simplesmente disse, misturando o português ao italiano: "Então o bambino recusa a comida ? *Non quere polenta ? Madona mia*! Pois deve saber que aqui não se joga comida fora. *Porco cane!*". Ato contínuo, tirou-lhe o prato e o guardou no forno. No dia seguinte, ela lhe deu a mesma refeição, teimosamente rejeitada pelo primo. No terceiro dia, antes de servir aos demais, vovó, arrastando suas velhas chinelas, trouxe-lhe o mesmo prato e, fazendo troça, disse: "*A piacere bambino*". Antônio comeu tudo, enojado, prevendo que no dia seguinte seria ainda pior.

A partir de uma certa idade, todos os netos, quando não estavam na escola, deviam ajudar nos trabalhos da fazenda. Havia tarefas com a criação de gado, nas eiras de café, na tulha, na serraria, no transporte e na horta. As atividades no transporte eram as mais disputadas, pois quase sempre rendiam idas às cidades vizinhas. Essa disputa se dava às escondidas, pois caso vovô descobrisse, colocava os litigantes nas tarefas menos desejadas.

A grande crise do café, após a Segunda Guerra Mundial, trouxe muitos problemas e desgostos ao meu avô. Não lhe foi possível manter a família toda reunida e o clã foi desfeito. Alguns anos depois, vovó não resistiu a tantos desgostos e morreu. Não se seguiu muito tempo, meu avô também veio a falecer. Os dois inventários das heranças acabaram de vez com o sonho do patriarca, o da grande família unida e solidária. Houve, de fato, muita briga, especialmente pelas terras. A nossa parte na herança se resumiu a poucos bens e meu pai nada reclamou. Dentre os filhos, era ele quem mais se identificava com o sonho de vovô. Fez várias tentativas malsucedidas de reconciliar a família e manteve durante alguns anos a esperança de um dia reunir todos os irmãos e sobrinhos.

Meu pai amava verdadeiramente meus avós, mas discordava do método de comando que eles utilizavam. Em casa, agora na cidade, bem longe da fazenda, ele se propunha ao diálogo e vez por outra comparava sua forma de agir com a de seu pai.

Um dia, após receber visita de seu sócio, ao término de um lanche, ao entrar na cozinha, meu pai surpreendeu meu irmão mais velho passando o dedo no fundo da lata de manteiga, já completamente esvaziada. A manteiga, de qualidade reconhecida, encontrada em mercearia de renome, era, para ele, símbolo de um novo estatuto, de rompimento com o passado. Com as sobrancelhas fechadas, ele dirigiu-se à despensa, retirou outra lata de manteiga, abriu-a e entregou ao meu irmão, dizendo-lhe com voz grave: "Agora coma tudo, seu guloso maleducado". Meu irmão não lhe ousou desobedecer, sendo salvo por minha mãe, não sem antes ter ingerido uma ou duas colheradas da manteiga.

Esse fato deixou meu pai muito aborrecido. Talvez lhe houvesse ocorrido que ele ainda não havia superado as formas autoritárias utilizadas por seus pais para enfrentar os problemas comezinhos do cotidiano. Nós todos éramos inexperientes para compreender as prováveis conseqüências daquele entrevero. O sofrimento, a humilhação e a vergonha de meu irmão, e, de meu pai, uma grande decepção consigo mesmo se constituíram fatos que possivelmente lhes marcaram as vidas.

    A vida, entretanto, seguiu seu rumo. Primos e primas se casaram, formando novas famílias. Meus pais e tios faleceram e também se transformaram, juntamente como seus pais, em meras lembranças nos álbuns de fotografias antigas, amarelecidas pelo tempo.

    Em uma visita recente ao meu irmão, ocorreu-me rever esse passado longínquo. Durante o lanche, bem à minha frente foi colocada sobre um pires uma lata de manteiga. A mesma marca e tamanho, embora as cores utilizadas no desenho do emblema parecessem um pouco mais claras. Minha atenção se voltou para a lata, e, de repente, me ocorreram algumas lembranças. Como em um filme, revi os acontecimentos daquela tarde: meu pai irado, meu irmão amedrontado contendo o choro e minha mãe aflita sem saber como agir.

    Procurei espantar os fantasmas, endereçando a conversa para assuntos amenos. Meu sobrinho trouxe a conversa para o regime recomendado pelo médico ao seu pai. Meu irmão insistiu que seguia as prescrições dadas. O rapaz virou-se e comentou comigo em tom confidencial: "O pai segue rigorosamente o regime para controle de colesterol, porém dessa manteiga ele não abre mão". Retornando o olhar à mesa, por um momento, pensei ver, no desenho do avião estampado na lata de manteiga, a figura austera de Sigmund Freud, viajando no tempo.

O DIA EM QUE O DIABO PERDOOU A DEUS

Não sei por que fui o escolhido. Nem reunia qualidades e nem ao menos desejava semelhante tarefa. Acho que você não vai fiar nadinha desse relato. "Tá mais é bêbado", "é ruim da cachola", "falta parafuso" são coisas que por certo você pode dizer ao final dessa história. Acreditando ou não, vou contar o sucedido todinho, tim-tim por tim-tim, pois não me apetece carregar para o túmulo fato grave desta natureza.

Tinha eu uns quarenta anos e morava nesse Brasil enorme, viajando sempre. Onde tivesse água fresca, comida, ainda que para o dia, amizade prolongada, não restrita ao calendário, eu ficava algum tempo. Passava até meses nessa vida, esticando dias e, às vezes, noites; trabalhando quando serviço aparecia. Rejeitar, desprezar labuta, isso não era de meu feitio, porém horário da lida mandava eu, ou melhor, mais fazia obedecer ao corpo. Se vontade aparecesse, ia em frente, se não, ficava lagarteando, olhando a vida, me interessando pelas pequenas e grandes coisas.

Era capaz de passar a tarde pondo reparo na vida das formigas. A gente pensa que elas são todas agitadas. Engano grosso! As que saem do formigueiro são as irrequietas e, se barradas nos propósitos que têm, ficam danadas. Pegava uma qualquer, levava até a orelha e ouvia seus zunidos. Parece até que me xingavam. Eu achava engraçado. Ria muito. Matar não matava nenhuma. Nada. Absolutamente nada! Compreendia perfeitamente a raiva delas e recolhia uma ou até duas, deixando que me picassem o braço, pois que havia sido eu o intrometido. As que ficavam internadas no formigueiro, cuidando dos ovos, eram tão calminhas que dava sono espiá-las.

Quando a noite chegava, me aprazia vendo aquele mundão de estrelas. Sabia que cada uma tinha milhares de vezes o tamanho da Terra, embora parecesse um cisquinho de luz diante de meus olhos. Sabia, também, que quanto mais a gente fica longe de uma coisa mais ela se parece pequena. Entretinha-me vendo as crianças brincarem ou os adultos jogando conversa fora. Algumas vezes me metia na prosa, cavaqueando como se em casa tivesse, pois forasteiro não me sentia e em qualquer tema me dava bem. Livro? Nunca li. Nem com catecismo, nem com Bíblia empreguei tempo. Porém aos poucos fiquei sabendo das coisas da Terra e do Céu pelo que vi e ouvi. Do que vi, muito foi pouco. Do que ouvi, muito foi nada. Coisas tais que atirei no esquecimento. Tem gente que fala bonito e bastante, mas pouco diz.

Digo essas coisas para prepará-lo para o que vem em seguida. Até peço desculpa pelo rodeio, mas conforme achei necessário fiz e tá feito. Estava vivendo em um lugarejo muitas léguas adiante de Santarém, no Norte do Brasil. Era vila diminuta, rodeada de floresta grandiosa. Numa noite de lua me veio palpite na cabeça para me internar na mata em sua parte mais densa. Comecei então, seguidamente, a me adentrar acautelado na floresta, enquanto o pessoal ficava proseando. Matutava por que fazia isso, pois medo era o que não me faltava, mas resposta não tinha. Ia entrando, sem atinar bem para onde, levando um facão para abrir brecha e fazer corte nas árvores a fim de marcar caminho de retorno. Aviso dos demais para abandonar essa idéia não faltou. Entretanto teimava até comigo. Mesmo não desejando, acabava por assim proceder.

Havia um propósito de que eu não dera fé, pois o intento era deles, não meu. Fiquei sabendo disso na sétima noite de incursão. A lua era crescente. Eu sempre seguia na mesma direção como se soubesse, mas de fato não sabia, aonde ir. Quando tomei ciência, tinha me embrenhado muito adiante. Decidi voltar quando um bicho enorme se antepôs no caminho de retorno. A fera tinha aparência assustadora. Não era nativa de nossa Terra, nem de lugar algum. Ela me obrigou a seguir em frente até chegar num lugar de espaçamento entre as árvores, onde a luz da lua batia em cheio, clareando tudo. Nisso o bicho desapareceu sem deixar rastro.

Fiquei lá, naquele lugar isolado, sentindo um sono de criança, quando, de repente, uma grande ventania sacudiu a floresta. O vento provocava ruídos estranhos, como se houvesse mil vozes falando ao mesmo tempo. Foi então que Ele apareceu, vindo de tudo que é lugar, montado num redemoinho colosso. Em seguida, tudo se acalmou. O chegante foi esse mesmo, a quem chamam Deus: aportou primeiro, antes do outro, e foi educado de sua parte em não se fazer esperar. Eu o reconheci logo, embora não tivesse cara, conforme pensa o povo, enganado que é pelos da religião. Ou, podia-se dizer que tinha todas as caras dos homens e das mulheres e de todos os viventes do mundo. Ele ficou ali, primeiramente ativo, depois, um pouco reservado. Deve ter me achado bronco, pois calado estava e calado fiquei por bom tempo.

Na vigésima quarta hora chegou o outro. Também apareceu trazido por um redemoinho e também logo o reconheci. Não que a ele houvesse sido apresentado. Nem porque tivesse chifres, pé de bode, rabo, olhos de fogo. Nada disso. Era um tipo comum. Podia se parecer com você que agora toma ciência do ocorrido.

Como não havia cumprimentado o primeiro, resolvi também não cumprimentar o segundo para não transmitir compreensão que estava tomando lado, sem nem conhecer bem os dois. Eles não se olharam. Para disfarçar, penso eu, se voltaram para mim. Fiquei vexado. Depois começaram a conversar respeitosa-mente, calmos e, entretanto, nervosos. Se me lembro bem, foi o Senhor quem falou de início.

— Então tu andas dizendo que estás cansado dessa faina, que o mundo não tem carência desse trabalho, que se tirasse uns tantos poucos, o restante já vivia mesmo no inferno?

— É de fato o que disse e sustento. Acrescento mais ainda, que o Senhor muito sabia desde sempre que ia dar nisso e assim consentiu.

— Tu estás nesta tarefa em função da queda que tiveste. Teu orgulho e tua ambição falaram mais alto do que o respeito que me devias, pois fui eu quem te criou. Criei a ti e outros do nada, mas tu te rebelaste contra minha autoridade.

Foi aí que, pedindo desculpas pela intromissão, solicitei que ambos mantivessem o respeito e que o Senhor deixasse esse falar de tu e ti, que me atrapalhava o entendimento. Agora estava me dando conta por que estava ali. Viera para testemunhar essa discussão entre o Demo e seu Criador. Quando pensei isto, Deus, que tudo vê, se zangou comigo, dizendo:

— Toma tento, moço! Nunca criei nenhum Satanás! Criei um anjo de grande envergadura, que em coisa ruim se transformou.

Aquele a quem Ele se referiu, me vendo muito desenxabido, espertamente tomou meu partido, falando com graça.

— Ora, não fique zangado com esse pobre diabo, digo, pobre homem. Pois que ele tem razão. O Senhor quando teve propósito de me criar anjo, sabia o que estava fazendo e também sabia sobre o futuro. Sabia ou não sabia?

Matutei comigo. Se Deus respondesse que não sabia, confessaria ignorância das coisas que estão por acontecer. Caso dissesse sim, cairia na armadilha do Diabo. Confiei que Ele tivesse uma boa resposta. Bem me lembro da forma como refutou.

— Não me venha dizer que pelo fato de eu saber sobre o futuro deva partilhar da responsabilidade pelo que você se transformou. Você foi dotado de liberdade, podia continuar anjo ou se rebelar e se transformar em Lúcifer, o rei das trevas, o horrível disputador das almas dos homens.

O Diabo se aborreceu deveras com essa fala toda. Tive pena dele. Foi então que pedi licença e advoguei sem demonstrar preferência. Para começar, pedi tino e paciência, que me escutassem com um pouco de desprendimento. Falei que era certo que o Senhor sabia que o arcanjo iria se rebelar, e nisso o Demo tinha muita razão. Antes que Deus se aborrecesse, tratei de dizer que Ele possui o atributo da liberdade. Liberdade para criar, experimentar, que o atributo da liberdade do Criador passa para a criatura. Aí me voltei a Lúcifer, fazendo ele ver que usou erradamente a liberdade; poderia ter se rebelado sim, porém de outra maneira. Esse foi o seu engano. Eu compreendia que talvez ele não gostasse mesmo de ser pau mandado: "vem para cá"; "segue até acolá"; "faz isso"; "depois aquilo". Disse que a Terra, pelo que andava observando, estava diferente. Ninguém se interessava mais por essa desavença, que de tão antiga não se podia precisar data. Argumentar que isso ocorreu no princípio nada resolvia, pois se Deus é eterno não pode possuir história. O homem sim era mais importante que essa contenda. Ele precisava agora dominar seu destino, ser o construtor de sua história, viver sua vida plenamente e nisso qualquer ajuda, vinda de um ou de outro, seria bem recebida. Até achei que eles estavam gostando do discurso e fiquei atrevido, acrescentando que já se falava por aqui sobre a amizade entre todos os povos e eles davam parecença de não se importar com isso. Ademais, não era besta e reconhecia a existência de desatinos, todavia a gente de todas as partes acabava por aprender.

No entusiasmo arrisquei falar em excesso e resolvi contar aos dois o sonho que tivera naquela noite. De qual deles viera a inspiração não sabia. Sonhei que era árvore e esticava as folhas como se fossem minhas mãos, recolhendo água da chuva. Bebi, sem ter boca, água purinha, ficando refrescado por fora e cheio de vida por dentro. Depois convidei passarinhos para beber da água retida entre as folhagens. Quando nasceu o sol me refestelei em sua luz, produzindo um verde mais vivo em todo o meu corpo-árvore. O que sentia parecia real. Porém, sem mesmo acordar, tudo mudou. Vi que era, pouco depois, cobra a ondular no Solimões, no ponto em que este se abraça ao Negro. As águas dos dois rios não se confundiam, porém, com ambos eu me confundia, ficando escuro em uma parte e, em outra, verde-amarelado.

Não sei quanto tempo durou isso. Pareceu passar um século quando aportei em uma das margens. Deslizei silencioso, sem pressa, com ciência do que devia fazer. A consciência desse existir não estava em uma parte do corpo, mas sim nele todinho. Foi com esse pensar estranho, que de repente me enrosquei no corpo de uma índia nua. Apertei sua barriga com uma delicadeza que admirei estar sonhando. A índia, com um único gemido, pariu uma criança e dormiu inocente. Fiquei enrolado no bebê, aquecendo e protegendo a criança até chegar uma cabocla. Esta de nada se espantou. Agiu como se de tudo soubesse. Embrulhou a criança em panos brancos, erguendo-a três vezes para o alto. Em seguida deu força à índia para que se erguesse e me olhou com o jeito de minha mãe. Vi as duas mulheres e a criança sumirem. Fui ficando cansado, rastejei até uma gruta com um pensamento fixo: que nenhuma mulher me pisara a cabeça e não havia inimizade entre nós. Nesse entretanto, meu corpo se transformou num guará do mato. Não por inteiro, pois era, ainda, cobra, e, para minha surpresa, também homem. Essa transformação foi lenta, me acometendo de dores. Acordei rindo feito bobo.

Ao terminar de contar o sonho, Deus e o Demo, que não tiraram o olhar de cima de mim, se voltaram numa lentidão das coisas que ainda estão sendo feitas e então se olharam. Não foi olhar de senhor, nem de pai, muito menos de filho querendo se achegar. Foi um olhar de bicho. Um maravilhoso olhar de bicho. Talvez como o olhar de um cachorro ou de um boi. Coloque reparo no olhar de um bicho e você entenderá, pois outras palavras não tenho para melhor descrever o sucedido entre os dois. Não sei se foi o Demo quem começou. Quando firmei vista os dois sorriam e foram se voltando para mim. Essas excelências, donos do tempo, não têm pressa, por isso foi aquela lentidão suave. Demoraram e demoraram nesse movimento. Então os sorrisos foram aumentando até transformarem-se em gargalhadas. Pouco, é verdade, mas me aborreci, pois parecia certo que riam de mim. Com esse meu pensar eles riram mais ainda, produzindo uma grande barulheira na mata.

Um macaco cabeça-de-prego, que dormia em uma aroeira próxima, acordou. Sem se atinar que se tratava do Deus e do Demo, guinchou, ralhando muito com os dois. O uirapuru, cujo canto traz sorte a quem ouve, não se fez de rogado e cantou bonito, apagando a irritação do símio. Deus e o Diabo, ambos, viram que aquilo era bom. Percebi isso no jeito e na continuação do riso. Pessoas quando riem juntas, uma toca a alma da outra. Foi isso que aconteceu. A risada deles percorreu a floresta e foi um estrondo. Pintassilgo, sanhaço, tico-tico, sabiá, cambaxirra, coruja, marreco, graúna, inambu, papagaio, arara, curiango, sapo, onça, caititu, rato, porco, jaburu, gambá, os insetos e toda a macacada pareciam rir juntos. Só o tucano, com seu jeito de ser desconfiado, ficou em silêncio.

O som era maravilhoso e ao mesmo tempo assustador. De repente, não sei o que deu neles, pularam e rodopiaram na clareira. E eu via pasmo: onde estava Deus estava o Diabo. E um e outro eram um. Deles começou a espalhar uma luz com tantas cores que é impossível relacionar. Primeiro o branco como um vestido de leite, depois o azul celeste, o vermelho rubro, o amarelo alaranjado: o verde tinha centenas de tonalidades. Eu, que tenho visão cansada, não me espantei de conseguir enxergar tanto, porque a luz estava neles e em mim. E eles eram a luz e o movimento. E o movimento e a luz dos dois geravam desordem onde era ordem. Possivelmente temendo um novo mundo criar, para não atrapalhar o bem sucedido das coisas, deram um salto formidável agarrando-se à crina da ventania e rindo abraçados, rumaram em direção às estrelas. Desmaiei.

Horas depois, ao cair da tarde, retornei. O povo do lugar estava rezando por minha alma. Saíram formando trinca a me procurar. Não viram a tal clareira e não viram vivalma. Relataram, entretanto, momento de tremente na mata. Como num trespasse, todos ficaram, ao mesmo tempo, assaz amedrontados. Decidiram pelo regresso, dando batida para melhor se certificarem de meu desaparecimento.

Fui embora do lugar. Ali nunca mais pisei. Não o faço por medo de Deus e do Demo voltarem a ter pendenga. Ademais, foi o próprio filho de um deles, fortalecido pela tentação empregada pelo outro, que ensinou que devemos nos reconciliar enquanto estamos no caminho.

    Vivo agora nas margens do Araguaia. Afixei raiz nesta paragem, pois estou velho para viajar por essas terras brasileiras. Dias desses fui conduzido até Anápolis por um sujeito que se disse missionário, a quem contei esse sucedido. Acho que me tomou por louco. Na cidade, fui encaminhado até um hospital. Um rapaz me preveniu: "quando o doutor perguntar que dia é hoje e onde você está diz assim, assim, senão ele te interna". Foi o que fiz, sem compreender porque ignorar isso é sinal de doença. Depois fui mandado para conversar com uma enfermeira ou psicóloga que me ensinou como tomar uns comprimidos amarelos. Enquanto fazia o relato, a moça jogou ao chão uma formiga que fazia trajeto em sua mesa e pisou na bichinha. Fui até a janela para disfarçar sentimentos de tristeza e raiva.

    Ela falou que o acontecido podia ser explicado por um estado alterado de consciência, que eu havia sofrido em função da pressão do local e que o comprimido ia fechar essa janela em minha cabeça. Eu fiquei olhando para a moça e coloquei reparo lá de cima, no corre-corre da rua. Fiquei pensando que toda aquela gente, e ela também, precisavam demais abrir em suas cabeças essa tal janela. Disse adeus à doutora, desejando-lhe paciência. Ela respondeu alguma coisa de que não julguei precisão de reter na memória. Adiante, joguei os comprimidos no bueiro, para que ninguém fizesse uso, e retornei para o Araguaia. Aqui me encontro, cuidando de nada falar aos missionários que aparecem.

De jornal não necessito, o rio me conta as novidades. À noitinha, emprego tempo a conversar com as águas. Elas dizem que o mundo agora está bem melhor. Acabou-se a antiga querela. Aqueles dois foram resolutos! Lamento que a maioria não tomou ciência desse grande exemplo, daí porque lhe tomo tempo para fazer esse relato. Deus aceitou o perdão do Diabo e nenhum guardou mágoa do outro. Carece mesmo não.

REFEITOS UM PARA O OUTRO

Um sol de abril aquecia o corpo e a alma das pessoas que se animaram a sair de casa naquela tarde. O vento soprava quase com gentileza, um ar ainda amornado prolongando o verão além do registro do calendário. O Lago Igapó resplandecia uma luminosidade vítrea, brincando de projetar cores como um caleidoscópio gigantesco. A luz matizava o rosto da jovem, propiciando belas variações de semblante, entre terno e triste. Sentados na relva, o casal parecia hipnotizado pela beleza do momento. Havia um silêncio cúmplice no ar e ambos calavam anseios que lhes brotavam do coração, em respeito à magia do crepúsculo. O silêncio também refletia-se no vôo ocasional de um bem-te-vi, que, com elegância, riscava a água com a ponta da asa. As árvores, próximas umas das outras, balançavam levemente os galhos, parecendo compenetradas ao ouvir o débil queixume da aragem. Mais ao longe, um salgueiro solitário ora se debruçava sobre o lago, ora se retraía, formando ondulações ocasionais na água.

A marcha do tempo foi apagando a claridade, ensombrando o local que havia pouco parecia animado, pulsante, acalentando sonhos e promessas de vida. A tarde se fazia, naquele instante, de puro mistério, entristecendo o ambiente. A moça, consultando o relógio de pulso, deu sinais de que precisava se retirar. Os dois se levantaram. Ele a conduziu ao carro, estacionado próximo. Já dentro do veículo, ele tocou levemente seus cabelos, acompanhando-lhes o formato com a mão. No mais, fizeram o trajeto, sem trocar uma única palavra.

O trânsito difícil do horário contribuiu para prolongar o encontro que poderia se esvanecer completamente, pouco depois. Mesmo sem pressa, chegaram ao destino. A única vaga próxima à calçada, que em outras circunstâncias seria saudada com exclamações de alegria, obrigou-os a retornar à realidade. Fez a manobra estacionando devagar, quase a contragosto. Com um gesto, a jovem impediu que ele a acompanhasse até a porta do edifício, como costumava fazer.

A moça desceu do carro e, por um momento, deu mostra de vacilar. Respirou profundamente. Seguiu adiante, tentando caminhar com firmeza. Novamente hesitou, parecendo querer retornar, certa de que o encontraria no mesmo lugar a esperá-la. Porém, vencendo o próprio desejo, continuou caminhando, subiu uma escada de poucos degraus e desapareceu na porta do elevador. O homem continuou na mesma posição, com o olhar fixo onde a moça havia desaparecido, em uma espera inútil. Finalmente, girou a chave na ignição e arrancou com o veículo, sem conseguir evitar o pensamento de que talvez devesse tê-la retido, dando-lhe a coragem que ela não possuía naquele momento difícil.

—Aquele sujeito a trouxe? Aonde vocês estavam? O que fizeram todo esse tempo juntos?

A mãe, disparando uma pergunta atrás da outra, a seguiu da sala para o quarto, examinando-a atentamente. Não obtendo resposta alguma, sondou com o olhar a disposição da jovem, adivinhando tristeza disfarçada nas lágrimas contidas, suspensas, que teimavam em não cair. Conteve o sorriso de satisfação percebendo a debilidade da filha e disse, tentando contemporizar:

— Irmã Marianinha vem visitá-la hoje à noite. Vocês poderão conversar o tempo que quiserem na saleta. Ninguém irá incomodá-las. Seja gentil, pois ela lhe quer muito bem e está preocupada com você.

— Não tenho nada para falar com ela. Ela vem aqui por sua causa e não quero ouvi-la por nem um momento. Sei muito bem o que ela vai dizer.

A resposta da jovem não desencorajou a mãe. Era esse o momento aguardado com muita ansiedade desde que, há poucos meses, entendera que a felicidade de sua menina estava ameaçada. Sentia a filha mais vulnerável, talvez as dúvidas plantadas quanto à conveniência daquela relação lhe houvessem alcançado o bom-senso. Tinha convicção de que agia para o bem da jovem, que um dia ela lhe seria grata, compreendendo todo seu desatino. Quem sabe a filha não estava sendo vítima de algum sortilégio? Ou uma mandinga, um trabalho feito, pois o tal devia ter parte com a magia. Não estranharia se descobrisse, nessa paixão, o ardil de um bruxo. Entretanto, pensando consigo mesma, jurava que não iria permitir que a sua menina se entregasse a um sujeito como aquele. O nome íntegro da família Castro de Alencar jamais seria manchado.

Tinha informações sobre aquele sujeito (costumava referir-se assim ao namorado da filha, acentuando a palavra de maneira especial), que não lhe eram favoráveis. Muita gente fazia comentários. Histórias que, conforme iam sendo passadas de boca em boca, ganhavam cor, importância e impressões, ou mesmo certeza de que havia muito mais ainda. Tudo o que ela sabia repassava aos familiares de maneira sutil, evitando citar fontes e tendo o cuidado de parecer o mais verossímil possível.

Precisava de aliados dentro e fora de casa. Pessoas que se comprometessem com a sua causa. Sempre que possível, relembrava aos filhos o dever filial e fraterno, repetindo que o rapaz possuía mulher e filha no Chile, onde esteve refugiado, evitando os órgãos de segurança do país. Insistia, principalmente, nos argumentos que mais sensibilizavam a todos: tratava-se de um espertalhão, um caçador de dotes, pronto a tomar parte dos bens arduamente conquistados pela família. Era fato notório que o rapaz era pobre, vivendo de ministrar aulas e, ademais (esse era um dos advérbios preferidos da senhora Laura Castro de Alencar, com o qual julgava acrescentar o suficiente para convencer qualquer interlocutor), era bem mais velho do que aparentava.

Sobre essas coisas a filha desconversava. Na verdade, quando o assunto era o namorado, mantinha-se calada, irredutível, quase impermeável ao diálogo, embora refletisse muito sobre seus sentimentos. O irmão mais velho, bem casado, bem situado na sociedade, a aconselhara, chamando-a à razão. Tiveram uma longa conversa, na qual ele, como quem conhece a vida e as pessoas, alertou a irmã quanto aos riscos que corria. Depois foi a vez de sua esposa. Preocupada quanto ao futuro da cunhada, tentou, também, convencê-la sobre o absurdo daquela relação. Para tanto, o psicologismo lhe foi útil, levando-a a um percurso diferente, expondo sobre complexos, identificações e sobre a necessidade de uma menina-mulher se apoiar em um homem mais velho e experiente. Vendo a inutilidade dos argumentos utilizados, realçou a importância do sacrifício de um, em benefício de todos, como uma fatalidade que se abatia sobre todas as famílias, desde os tempos imemoriais. Evitando parecer excessivamente concordante com a matriarca, mostrou-se compreensiva e amiga. E, finalmente, cheia de sabedoria, vaticinou:

— São coisas da mocidade! Esse tal do Argeu vai se transformar apenas em uma ponte, que você, Hiléia, usará para chegar à outra margem. E, ao chegar do outro lado, vai ver que aquela margem é semelhante a esta em que se encontra. Depois disso, ou você volta para o antigo namorado ou irá arrumar outro, de seu gosto e posição.

E, para demonstrar sua inserção no mundo da juventude, acrescentou, tentando ser engraçada:

– E aí não vai ter "grilo".

Os demais irmãos, com menos verniz de psicologia, repetiam o mote de que os namorados nada tinham em comum e iam direto ao ponto: o namoro deveria ser proibido e não se falaria mais sobre o assunto. Cogitou-se, também, em mandar a jovem para o exterior. Nos Estados Unidos (todo mundo de boa família ia para lá), ocupada com os estudos, de certo esqueceria o tal.

Com toda essa pressão, naquela tarde, antes de dirigir-se para o encontro nas margens do Lago Igapó, Hiléia havia decidido romper o namoro. No caminho meditava sobre o quanto se sentia frágil para lutar contra os laços que a prendiam ao mundo construído pela família. Um mundo de muitas rotinas asfixiantes, cheio de deveres sociais, com pouca liberdade para o riso espontâneo, a roupa descontraída, o beijo na rua; mas inegavelmente seguro, previsto, garantido, ordenado. E o que lhe oferecia Argeu? Uma vida de insegurança, de destino incerto. Vida cigana, escorregadia, sem muros protetores, mas desafiante, conquistada, batalhada, carregada de pulsões diárias.

O rompimento foi realizado, sem que precisassem falar explicitamente sobre isso. Bastou o olhar e houve a compreensão mútua de que saíam cada um da vida do outro, desmanchando a nova existência em construção. Olharam-se demoradamente naquela tarde, afastando de mansinho a ternura que trocavam a todo momento. Devagar, sem queixumes ou culpas, sem promessas ou poesia, sem adeus ou até breve, os namorados se separaram.

A família exultou. Em respeito à dor da menina, não se cogitou comemorar. Se ocorreu, foi evidentemente às escondidas. A matriarca se sentiu realizada. Não deixou de agradecer aos santos e santas em trezenas rezas realizadas a cada noite diante de um altar próprio, em sua casa. Nem se esqueceu de enviar generosa contribuição aos trabalhos da irmã Marianinha, acrescentando ao donativo comovida missiva, relatando a vitória do bem contra o mal insidioso.

Saindo do mundo de Argeu, Hiléia se percebeu estranha no universo familiar. Mesmo que dispusesse da eternidade, não mais se acostumaria a tudo aquilo que já fizera parte de sua existência. Onde o sol havia se escondido, pois se agora ao meio dia era noite escura? Uma escuridão entremeada de lusco-fuscos, cuja luz verdadeira havia se ausentado. Também era certo que não queria retornar à "vida do faz-de-conta", como costuma ironizar.

Capitulara, mas impunha condições. Já não partilhava daquele mundo e pretendia que isso fosse esclarecido sempre que necessário. Nada de irmã Marianinha, orações decoradas ou compras da proteção de Deus. Lera Marx, Althusser, Gramsci, Adorno, Fromm e distinguia muito bem a ideologia que mesclava o horizonte familiar. A mesma ideologia que antepunha um espesso véu à realidade intrínseca aos acontecimentos mais comezinhos, não mais a seduziria.

Não foi propriamente a ideologia que a afastou dos familiares outra vez e a levou a procurar Argeu. Como não souberam lidar com a sua dor, ela se sentiu descompromissada. Mais do que vestidos novos, ela necessitava de compreensão genuína. Creditar sua experiência na conta de inconseqüências da mocidade foi, igualmente, algo que a desgostou profundamente. E, com feridas ainda não cicatrizadas, sem apoio afetivo, Hiléia lembrou-se de Argeu.

Este lhe falou novamente da vida, da necessidade de superação, da transcendência, do sentido revolucionário das mudanças verdadeiras. Argeu demonstrou compreensão e nada reclamou para si e, dessa forma, tudo ganhou.

Era o que Hiléia, agora mais fortalecida, precisava para definitivamente desafiar a mãe e todos os demais. Venceram, casaram-se e partiram, lamentando deixar apenas para a memória o registro daquela tarde no Lago Igapó. Nunca negaram suas diferenças.

Muito tempo depois, Argeu ainda a surpreende quando, em diferentes ocasiões, confessa a mesma, ou mais forte paixão. Continuam assim, embora saibam que a diferença de idade pode, mais adiante, se tornar crítica. O irmão e a cunhada de Hiléia, feitos um para o outro, incluindo nisso o fator idade, há muito se separaram. Também dona Laura, a matriarca, está separada. Da grande fortuna da família Castro de Alencar, pouco resta.

UMA HISTÓRIA PARA CRIANÇAS

Era uma vez, há muito e muito tempo atrás, quando o Brasil pertencia ao reino de Portugal, um acontecimento muito importante que estava por ocorrer. O vento soprava forte. Nuvens escuras tingiam o céu, criando a ilusão de que havia anoitecido, embora o relógio apontasse apenas dezesseis horas. Apesar do vento, havia um calor sufocante, pouco comum naquela época a uma região das Minas Gerais. O momento era de expectativa e nervosismo na casa grande. O senhor Valmor Prado de Albuquerque andava de um lado para o outro, sozinho, na grande sala de estar de sua casa. Demonstrava grande nervosismo. Vez por outra, detinha-se diante dos quadros de Dom João VI, rei de Portugal, e de seu respectivo filho, Dom Pedro I, príncipe regente do Brasil. As pinturas foram adquiridas de um renomado artista de Lisboa e faziam justiça aos modelos, embora tivessem sido pintados de memória. Seu primeiro filho estava para nascer e, se fosse homem, receberia o nome de Pedro, em uma homenagem à família imperial.

As escravas subiam e desciam as escadas que levavam ao pavimento superior da casa, carregando bacias, chaleiras com água e toalhas. O senhor Valmor estava apreensivo, apesar de contar com a presença de Nhá Chica, uma antiga mucama de sua jovem esposa. A negra era parteira experiente, sempre auxiliada por Tuca, uma negrinha enxerida, mas esperta que só ela. Era estranho que Tuca não estivesse presente e que Nhá Chica dissesse não precisar do concurso dela e que até mesmo esticasse os beiços, sinal característico de aborrecimento, quando lhe foi perguntado sobre a ajudante. Talvez estivessem brigadas, pensou Valmor, e, nesse caso, era melhor que a negrinha ficasse lá fora, na senzala.

Na senzala havia pouca luz. A um canto, uma negra chamada Luana, proveniente de Guiné, encontrava-se deitada sobre a enxerga de capim, forrada com alguns panos brancos. Luana esperava paciente o reinício das contrações espontâneas de seu corpo para concluir o parto. Tuca explicava o que ela devia fazer e requeria ajuda de duas meninotas, que providenciavam bilhas com água quente e panos cedidos pelas companheiras que serviam na casa da Dona Idalina Marcondes Prado de Albuquerque. Trouxeram a notícia de que a Sinhá também estava parindo e que a vigilância havia se afrouxado, podendo com isso ser retirada da cozinha alguma comida mais substanciosa, que seria escondida em potes de barro, a fim de fortalecer a futura mamãe.

Quando o carrilhão da igreja da Vila de Ouro Preto anunciou dezoito horas, nasceram as duas crianças. Ambas meninas. O pai da criança branca, embora desejasse um menino, ficou deveras feliz ao pegar no colo a recém-nascida. Algo de extraordinário parecia ter-lhe acontecido. Valmor, sempre taciturno e saudoso da corte de Lisboa, dos parentes e amigos que lá ficaram, sentiu uma grande felicidade, e, pela primeira vez, se reconheceu identificado com aquela Terra. Na senzala, o pai da criança negra, Nobuto, tomou a filha nos braços, e, admirando seu corpo saudável, derramava pela face lágrimas da mais pura alegria. Podia-se dizer que ambos os ambientes, não obstante suas diferenças, estavam iluminados. O senhor Valmor mandou liberar comida e bebida para todos e disse que os negros poderiam dançar e cantar o quanto quisessem naquela noite. As duas crianças dormiram embaladas pelos sons dos atabaques.

No dia seguinte, as duas famílias resolveram dar nomes às filhas. Dona Idalina, extremamente fervorosa na fé católica, convenceu o marido de que pretendia dar à criança o nome de sua mãe, ela deveria chamar-se Glória, pois era o dia de Santa Glória quando a menina veio ao mundo. Luana e Nobuto chamaram a filha de Ambada em homenagem a uma deusa de seus ancestrais.

Três dias após o nascimento, a mãe branca constata, angustiada, não possuir leite para amamentar sua filha. Glória precisava do alimento materno e chorava fracamente de fome. Houve desespero na família Albuquerque. Nhá Chica, chamada a indicar soluções, relata que Luana tinha leite de sobra para as duas crianças. Acrescenta, astutamente, que carecia tratar bem mãe e filha, pois que o desgosto poderia secar-lhe o precioso alimento. Por ordem da dona da casa, Luana se transformou na nova mucama, transferindo-se com a filha para um quartinho anexo à casa grande, com autorização para se encontrar algumas vezes com Nobuto. Ali poderia amamentar e cuidar das duas crianças.

No decorrer dos meses, as duas crianças cresceram com saúde, graça e beleza. Os Albuquerques estavam felizes. Também Luana e Nobuto ficaram satisfeitos, pois a filha estava protegida. Quando chegou a época do desmame das crianças, Dona Idalina se aproveitou da oportunidade para separá-las, pois para ela não convinha que Glória permanecesse junto da negrinha. Uma semana sem ver Ambada foi suficiente para deixar a menina entristecida, apesar dos desvelos dos pais. Os Albuquerques resolveram despachar Luana de volta às antigas atividades, não obstante o carinho e o cuidado que esta dedicava à pequena Glória. Dona Idalina entendia que a presença da mucama fazia com que a filha se lembrasse da outra criança. O resultado se mostrou mais desastroso ainda e Glória adoeceu. Nhá Chica, consultada, disse que "o que tem que ser traz muita força" e que as meninas nasceram no mesmo dia e hora e estavam ligadas pelo destino. Disse mais ainda, em seu falar sem rodeios, que, se quisessem bem à filha, não as separassem.

Foi assim que as duas cresceram juntas. Ambada chamava a amiga de Góia, que, por sua vez, a tratava pelo apelido Bada. Os apelidos foram adotados por todas as pessoas que conviviam com as crianças.

Ao completar a idade escolar, Góia exigiu que Bada freqüentasse os bancos escolares, o que causou grande discussão na Vila de Ouro Preto e adjacências. Acontece que a escola, respaldada na lei, não aceitava a menina negra, por ela ser uma escrava. Para atender aos reclamos da filha, que não falava outra coisa de dia ou de noite, o senhor Albuquerque concedeu à menina Bada uma carta de alforria e a colocou sob a proteção da família. Foi ela a primeira criança negra alfabetizada em uma escola brasileira com professores e alunos brancos. Nos trabalhos escolares, as duas meninas se completavam. Enquanto Góia era dotada de bom raciocínio lógico, Bada esbanjava criatividade e intuição. Nas aulas de religião, ambas fingiam aceitar a lengalenga do padre João, mas a troca entre elas da tradição oral de cada cultura as fazia professarem crenças particulares, pouco ortodoxas, tanto do lado do catolicismo, quanto da religiosidade de Luana e Nobuto.

Ao final do ano escolar, as escolas da Vila de Outro Preto escolheram, dentre seus melhores alunos, dois representantes para participarem de uma homenagem à família imperial. Na verdade Góia foi a escolhida, mas, como fizera o trabalho com a amiga, reclamou sua presença até obter o consentimento da diretora da escola. As duas amigas passaram a dar tratos à bola sobre o que fariam para homenagear os ilustres visitantes. Depois de muito matutar, resolveram que criariam, elas próprias, um doce, cujo sabor deveria trazer tranqüilidade e benevolência a quem o provasse. Escolheram, entre tantas frutas nativas, uma não muito grande, cujo miolo era avermelhado e possuía sementes miúdas. Fizeram várias experiências, adicionando leite, açúcar, canela, noz moscada, até chegarem a uma fórmula simples, usando a polpa da fruta, água pura, açúcar e um pouco da casca da fruta, conforme sugestão de Bada. No dia da visita da ilustre comitiva à escola, entre outras homenagens, as duas meninas entregaram o doce em uma bela cestinha de cedro e talas com belos desenhos confeccionados por Nobuto e Luana.

Os visitantes foram tomados de surpresa. Se não provassem a oferenda, se mostrariam grosseiros, pouco dignos da corte de Lisboa, e, no entanto, tinham receio, pois ouviam falar de frutos estranhos e perigosos na colônia portuguesa. Foi um silêncio geral. As meninas esperavam aflitas. Por fim, optando entre um possível mal-estar e o cumprimento do protocolo, Dona Esméria da Rocha Camargo, possuidora de investidura na administração lisboeta, tomou um pedaço e levou-o à boca. Todos continuaram silenciosos e os olhos se voltaram para o rosto da dama. Finalmente, ela abriu um sorriso expressando grande prazer e, então, quebrando o protocolo que a mandava obsequiar os demais, ela se serviu de mais um pedaço. Percebendo a quebra de etiqueta, deixou o local de honra onde estava sentada e convidou os demais a provarem daquela iguaria maravilhosa.

No colóquio com as meninas, Dona Esméria quis saber o nome e a origem daquele doce tão saboroso. Não havia nome e a criação era africana e portuguesa. Melhor dizendo, brasileira. Foi então que a ilustre mulher, de tão nobre coração, o batizou, como o arguto leitor por certo já notou, com a junção dos apelidos das duas crianças, Góia + Bada. Ou seja, Goiabada.

O ENFORCADO DO JENIPAPEIRO

Mary Shelley, quando publicou seu famoso livro Frankenstein, contou, na introdução, como lhe surgiu a idéia de narrar a vida de um ser criado por partes distintas de cadáveres. Os mais familiarizados com esse clássico da literatura, por certo, se recordarão de quanto M. Shelley ficou impressionada em uma noite de tertúlia literária, quando o assunto girou sobre a possibilidade do homem, brincando de Deus, fazer surgir, a partir de procedimentos científicos, um outro ser, à sua imagem e semelhança. Tarde da noite, ela não conseguia conciliar o sono, ou antes, experimentava um estado delirante, cheio de imagens aterrorizadoras. Foi quando teve a inspiração de que a história que pretendia escrever deveria produzir o mesmo efeito em quem a lesse, tanto quanto ela própria sentiu naquela ocasião memorável. Começou seu famoso conto instigando o leitor com a frase: "Era uma sombria noite de novembro".

Minha narrativa, nesses tempos de Harry Potter, Senhor dos Anéis e guerras televisionadas, certamente não produzirá impacto, e seu início, ao contrário do que seria esperado, porém consoante com os fatos, só pode ser anunciado conforme se segue.

 Era uma perfumada noite de abril, em uma época distante, em que adultos costumavam se entreter e entreter as crianças fazendo narrativas de fábulas inventadas, semelhantes aos clássicos da literatura, ou verdadeiras, conforme afirmavam. Entre todos os contadores de história, o preferido dos pequenos era meu tio Francisco. Já adiantado na casa dos sessenta anos, porém sacudido, como se dizia para referir-se a alguém saudável, tio Chico era mestre em narrativas de fantasmas, as quais ele jurava serem absolutamente verdadeiras. Não havia quem o fizesse confessar que uma ou outra, mais extraordinária e assustadora, de fato não acontecera, mesmo usando o argumento, sugerido por alguma tia, de que "não se devia assustar as crianças", mais preocupada com a possibilidade do sono interrompido pelos queixumes dos filhos, do que propriamente com qualquer efeito deletério sobre as suas mentes. Nessas ocasiões, meu tio se zangava de fato. Seu bigode espesso, amarelado pelo fumo, acompanhava o esgar de sua boca, enquanto os olhos miúdos abriam e fechavam rapidamente, tudo isso seguido de movimentos vigorosos de uma das mãos, enquanto a outra amassava raivosa o cabo da bengala.

Eu tinha então oito anos. Pensava que sempre ouvira aquelas histórias e que nunca me cansaria de ouvi-las. Com essa idade já me sentia com direito à dúvida, ainda que esta não fosse levada a sério, a não ser por prima Elizabeth, que me olhava com seus grandes olhos negros, assustados e suplicantes, esperando um sinal que sugerisse que tio Chico mentia. Eu nem sempre a atendia imediatamente, só para sentir o prazer de manter seu olhar fixo em mim. Sabia que bastava um simples meneio de cabeça, imperceptível para os demais, para que Eliza, como a chamávamos, desse um suspiro de alívio, premiando-me com um sorriso de cumplicidade e gratidão.

Esses encontros proporcionavam momentos felizes, seguidos das brincadeiras com os primos e amigos da vizinhança. O medo após as histórias ficava rondando nossos corações. Medo desejado, o qual se buscava expurgar com rituais copiados ou inventados: o uso do alho para espantar vampiros; a cruz sob o travesseiro; a reza; o olho de cabra, um grão em cada pé da cama; a touca na cabeça, invenção das meninas para o saci não dar nós em seus cabelos, como costumava fazer com a crina dos cavalos. Eu e Eliza tínhamos também um outro ritual, difícil de ser concretizado, pois precisava ocorrer às escondidas, o beijo de boa noite. Eliza acreditava que o beijo lhe ocasionava sono e sonhos livres de mulas-sem-cabeça, vampiros, sacis, lobisomens, bruxas, duendes, fantasmas, almas penadas e tantos outros seres que povoavam a imaginação das pessoas, adultas ou crianças. Eu apenas desejava o contato com seus lábios macios.

Eliza, por sorte minha, morava próximo, cerca de menos de légua e meia de minha casa, em uma chácara denominada, conforme o costume dos antepassados oriundos de Portugal, de quinta. As terras do tio Ildefonso tinham cerca de arame e uma única entrada, barrada por porteira de madeira bem apurada, situada a poucos metros da residência assobradada. Nós morávamos na parte baixa da rua, em um local com pouca vizinhança e um grande descampado que seguia até a chácara de meus tios. Havia um trecho até sua casa em que o mato se tornara espesso, com muitas árvores, porém pouco antes da porteira, havia um novo descampado, tendo, ao centro, um enorme jenipapeiro. Apesar de vigorosa, essa árvore não dava frutos.

Eliza me contara que não gostava de passar por ali à noite, mesmo acompanhada dos pais, pois ouvia vozes sussurrantes, queixumes, suspiros, ficando seus cabelos eriçados. Essas coisas lhe ocorriam com freqüência, chegando a sentir, em um anoitecer, uma mão gelada se apossando da sua, obrigando-a a percorrer o trajeto sob a árvore e não ao redor como preferia. Naquele momento, transida de pavor, saiu em louca correria, abrigando-se nos braços do pai.

No dia seguinte, logo de manhã, o assunto chegou aos ouvidos do caseiro, que, olhando à distância o jenipapeiro, descobriu-se e se benzeu por três vezes, murmurando algo, compreendido pela tia como "estava no tempo de acontecer".

Procurou-se esquecer do incidente, mas na realização da tarefa de ordenha, embora patrão e empregado se esforçassem, as vacas quase nada produziram. O pouco leite obtido estava aguado, sendo deitado fora. Em seqüência outros acidentes ocorreram, o cabo do machado se quebrou, um frango surgiu morto por estrangulamento no terreiro, o arado entortou ao chocar-se com um toco sob a terra e o bolo da tia ficou embatumado, coisa difícil de ocorrer, considerando sua perícia na cozinha. Ao cair da tarde, Zé Luis, o empregado, aproximou-se para olhar novamente o jenipapeiro. Novamente se benzeu por três vezes pedindo permissão ao patrão para procurar seu Antenor, um negro da vizinhança, sempre consultado sobre acontecimentos estranhos.

Seu Antenor era arrendatário de terras vizinhas à chácara, cujo proprietário, desgostoso com o isolamento que vivia, se mudara da vila. O empregado do senhor Ildefonso, evitando passar próximo da árvore, percorreu longo caminho até o riacho na divisa sul entre as duas terras, para então adentrar o sítio vizinho e procurar o negro. Após as saudações, enquanto Zé Luís relatava os últimos acontecimentos e o negro riscava o chão de terra com estranhas figuras, a casa da família Ildefonso era assaltada por novos e inusitados acontecimentos.

O grito ouvido pela senhora Ildefonso e por sua auxiliar, uma negra miúda, muda de nascença, gelou-lhes o sangue nas veias. Ficaram paradas, incapazes de reagir, quando um novo grito, mais forte e prolongado do que o primeiro ecoou.

O grito assustador viera do quarto de Eliza, e, num átimo, saltando sobre os degraus da escada que conduzia aos aposentos superiores, a mudinha empurrou a porta e estancou paralisada e esbaforida pelo excesso de esforço da correria. Pouco depois a patroa empurrou a auxiliar e viu, surpresa, a filha em lágrimas, apontando em direção à ampla janela de seu quarto. Adiante, via-se apenas o jenipapeiro balançando sob forte ventania. Após acalmar a menina, fazendo-a ingerir água açucarada com algumas gotas de tintura apropriada aos sustos, tentou saber do acontecido. Eliza se recusava a falar. Mesmo interrogada severamente pelo pai, manteve-se em obstinado silêncio. Os gestos da muda também de nada ajudaram e seu Ildefonso pensou em encerrar o assunto e o dia agitado, vaticinando que Eliza estava sofrendo os efeitos de uma possível verminose. Lá fora, enquanto o vento rangia, fortes raios riscavam o céu, clareando o caminho de Zé Luís, que trazia na mão esquerda um rosário com contas escuras.

Nos dias seguintes tudo parecia ter voltado à tranqüilidade habitual. O farmacêutico do povoado, examinando Eliza, não confirmou o diagnóstico de verminose. Explicou que "quanto ao estado nefelibático da menina, isso se devia a uma neuropatia de causa desconhecida, ou talvez associada à puberdade, pois que Eliza estava bem desenvolvida para os nove anos de idade". Usava terminologia médica, o que muito impressionava a todos, mas traduzia à compreensão popular, esclarecendo que nefelibático referia-se ao "alheamento observado na menina" e neuropatia queria dizer "doença dos nervos". Prescreveu sedativos, chás e banho morno de assento ao dormir.

Após esses acontecimentos, Eliza foi se transformando. Permanecia longos períodos ensimesmada, dedicando-se com afinco ao estudo de piano, pouco saindo para visitar parentes ou brincar com as amiguinhas como fazia antes. Acentuara sua preferência pelos vestidos brancos, a ponto de recusar outras roupas. Comigo passou a ter uma convivência reservada, evitando me beijar. Quando lhe perguntei se não gostava mais de carinho, disse-me que "era porque ele não queria". A princípio pensei que se tratasse do pai, somente tempos depois compreendi o que ela queria dizer.

Havia algo de diferente, que alguns percebiam, sem se atinar o quê. Não era só com Eliza. De repente, tudo estava se modificando. Algumas coisas deixaram de acontecer e outras passaram a fazer parte de minha vida. Não era apenas a passagem do tempo que alterava a nossa compreensão das coisas, elas também ficaram diferentes. Para complicar ainda mais, em uma reunião dos primos sem a presença de Eliza, pedi ao tio Francisco que nos falasse sobre o jenipapeiro e ele se recusou, apesar de nossa insistência. O mais surpreendente foi a sua reação. Olhou demoradamente para a rua, pegou o chapéu e a bengala depositados no cabideiro e saiu sem se despedir de ninguém.

Eu pretendia descobrir o que se passava. Por que a simples menção do jenipapeiro provocava estranhas reações? O que realmente estava acontecendo com Eliza? Até tio Francisco, o qual se dizia um cético, que não temia coisa alguma, fosse deste ou do outro mundo, percebi estar modificado. Havia as conversas segredadas entre os parentes, que, à minha chegada, mudavam o assunto. Como ninguém me contava nada, fui à procura de Eliza.

Encontrei-a ao piano e estive a observá-la sem que fosse notado. Minha prima parecia-me bela, porém um pouco abatida. Vestia roupas brancas de mangas curtas permitindo-se ver por inteiro os braços bem feitos. As mãos ágeis se movimentavam nas teclas do instrumento, ora suavemente, quase se interrompendo, ora enérgicas, rápidas, como que em desespero. Os pés pequenos calçavam sapatos escuros e se movimentavam ao pedal do piano. O rosto de Eliza estava todo concentrado, os olhos às vezes se fechavam com suavidade, trazendo os longos cílios negros para baixo. Em alguns momentos imprimia movimentos com a cabeça, desmanchando os cabelos cacheados, que lhe caíam, então, sobre a testa. Fiquei parado, sem me mover, com medo de quebrar o encanto. Foi quando percebi lágrimas a lhe escorrerem na face. Eliza parecia hipnotizada.

Sem saber o que fazer, chamei-a por várias vezes, até interromper seu devaneio. Minha prima voltou-se para mim, agarrando-me em soluços dolorosos. Atônito, procurei acalmá-la, mostrando coisas que havia trazido nos bolsos, pião, bola de gude, soldadinho de chumbo, um dente de javali. Eliza sorriu de pura bondade e nunca em toda minha vida me senti tão tolo. Por fim, ela, ainda reprimindo o choro, falou-me de seu sofrimento. Uma narrativa feita em voz excessivamente baixa, interrompida por sondagens no ambiente, parecia misturar coisas passadas e presentes, referindo-se a uma misteriosa pessoa designada por "ele", que havia retornado e que nunca mais a deixaria. Esse tal "ele" só se acalmava quando Eliza sentava-se ao piano para tocar. Quanto mais ela falava menos eu a entendia... "que deveria vestir-se de branco para agradá-lo... que haviam-no enforcado no jenipapeiro... que permaneceriam juntos...". Decididamente minha prima sofria muito, tanto que eu, ao enxergá-la longe dos desejos que me assaltavam a mente, senti-me envergonhado.

 Algumas pessoas tentaram libertar Eliza daquele estranho sortilégio. O primeiro impulso de tio Ildefonso foi derrubar o jenipapeiro, no que foi desaconselhado por crentes e céticos. Depois falou em providências para viajar com a família para a capital, a fim de consultar especialistas da medicina psicossomática. Minha tia se aconselhou com padres e beatos de todos os matizes, passando a fazer, com outras mulheres, novenas e trezenas seguidas. Curandeiros e palpiteiros deram as mais diferentes sugestões: rezas, mandingas, trabalhos para afastamento do mal, tudo se tentou. Zé Luís não se desgrudava do rosário de contas trazido da casa de seu Antenor e a mudinha exibia um rosto de quem muito sofria.

 Foi o velho negro quem enfrentou o problema indo direto ao local em que se supunha a localização do sortilégio. No dia 15 de setembro, data em que Eliza completaria dez anos, aproveitando-se da viagem da família, seu Antenor reuniu a equipe que deveria agir para libertar Eliza. Nesse grupo, além dele, Zé Luís e a mudinha, eu também fui incluído, "todos com conta no cartório", conforme ele falou. Tremi de medo, porém compareci no horário combinado, desejoso de ajudar minha prima. O que aconteceu pouco entendi, embora minhas lembranças ainda estejam vivas. A mudinha gritava como se estivesse sendo açoitada em um tronco de castigar escravos. Zé Luís caiu e se levantou diversas vezes babando e falando coisas aparentemente sem nexo. Eu permaneci atordoado como que sonhando, mergulhado em estranhas sensações de tempos e espaços que voltavam para outra época e retornavam.

Pelo que pude entender, ali, naquele jenipapeiro, havia sido enforcado um auxiliar de preceptor que amara apaixonadamente a filha de um rico proprietário de terras. Seu crime, conforme rezavam os autos, era de traição. Na realidade caíra em perdição por amor à filha do fazendeiro Gonzáles, casado com uma marroquina. A jovem, chamada Azile, fora educada com esmero, falava francês com desenvoltura e defendia-se bem em dialeto árabe, em voga em Marrocos. Além disso, possuía virtudes nas artes da dança e da cítara. González, pretendendo projeção social, a tinha prometida a um rico fidalgo português. Azile, entretanto, se enamorou do jovem aspirante a professor. Dentre os principais que o acusaram da traição, fazendo parte do conluio, estavam uma rapariga ambiciosa e seu irmão, um lacaio preguiçoso e fraco de caráter. Após o enforcamento, uma tragédia se abateu sobre todos. Azile se aproximou da religião islâmica, morrendo tuberculosa pouco tempo depois. A rapariga, que testemunhara em falso, aperfeiçoou-se na arte da delação, mas fora assassinada em uma emboscada junto ao irmão. González, desgostoso, retornou à Espanha com sua esposa, terminando seus dias pobre e doente, internado em um asilo. Aproximadamente cinqüenta anos depois, no mesmo cenário do crime, seu Antenor, com a calma que lhe era habitual e com surpreendente sabedoria, pôs fim a um passado que teimava em se fazer presente.

Tudo voltou à tranqüilidade na quinta do tio Ildefonso. Aos poucos aqueles acontecimentos foram sendo esquecidos e ninguém mais tocava no assunto. O jenipapeiro, após ter dado frutos durante anos seguidos, permaneceu viçoso por muito tempo. Eliza voltou a ser feliz. Casou-se aos vinte anos na capital, onde fez moradia. A chácara foi vendida e posteriormente loteada. Seu Antenor, como fiquei sabendo, era ainda rapazola na época do enforcamento e havia recebido do auxiliar de preceptor noções de matemática, história, ciências e também de filosofia. Possuía excelentes conhecimentos sobre os filósofos pré-socráticos, principalmente um tal de Pitágoras, do qual extraíra noções sobre a transmigração das almas, enxertadas por crenças e práticas de magias de seus antepassados.

Alguns anos mais tarde perguntei-lhe o que provaria que tudo aquilo de fato acontecera e não se tratara de uma fantasia como tantas outras que meu saudoso tio Chico inventava quando éramos crianças. Como era de seu costume, demorou-se para responder e simplesmente disse: "nada, nada prova coisa alguma", e arrematou olhando-me de soslaio, "nem o nome de Eliza, que, lido ao contrário, forma Azile".

PAIXÃO

Setenta e um anos. Tipo espigado, olhos pequenos, vivazes, parcialmente escondidos sob a lente multifocal, cabelos ralos em desalinho, gestos comedidos e fisionomia tranqüila. Vivia com a mulher e um gato angorá. A esposa era sofredora inveterada de enxaquecas e mais dezenas de outros problemas; os filhos, por sorte, nada herdaram da velha, estavam longe e bem casados; o gato, quando não estava perseguindo suas parceiras pelos telhados, era companhia silenciosa e amável. Conforme sua avaliação, a casa tinha muitos excessos: muita ordem, excessiva limpeza, pesado silêncio. Tudo lhe parecia uma espera inútil de algo que não aconteceria, enquanto, não raras vezes, sentia um sopro vivificante de saúde a renovar o corpo e a alma. Nesses momentos, voltava a ser poeta, sonhador, criança deslumbrada com a vida. Foi num desses momentos que, ao deitar olhares adiante, nos frutos proibidos, se surpreendeu consigo mesmo em uma fuga audaciosa da rotina e do tédio.

– O que eu posso fazer pelo senhor?

— Primeiro, um sorriso.

A moça, surpresa, fez uma expressão interrogativa, acompanhada do sorriso solicitado, inicialmente contido, depois solto, exibindo dentes bonitos. Parecia, também, divertida e intrigada.

— Um belo sorriso! Agora, pode me abraçar.

— Heim?!!!

— Agora você pode me abraçar — respondeu fingindo seriedade.

— Escute, eu disse em que posso servi-lo do ponto de vista comercial. Creio que o senhor não veio aqui a procura de sorrisos e abraços, não é?

— Não propriamente, mas tenha certeza que dou preferência a isso, especialmente em se tratando de uma pessoa como você.

— Escute, o senhor tem idade para ser meu pai — falou a jovem tentando parecer zangada e fechando a cara bonita, sem, contudo, dissipar o brilho dos olhos.

— De fato, tenho, mas não sou seu pai e nem conheci a senhora sua mãe — respondeu-lhe calmamente.

— Não quero ser grossa, mas acho que o senhor devia era pegar no terço — a voz da moça perdeu o tom cortês.

— Talvez, mas prefiro pegar em suas mãos — disse isso tocando-lhe levemente.

— Era só o que faltava! Afinal, o que o senhor deseja?

— Agora não posso ser sincero — respondeu colocando no olhar toda malícia que ainda possuía.

Encontraram-se outras vezes. Outras conversas, outros assuntos. A resistência e a zanga da moça foram diminuindo. Num dia de calor escaldante ele a esperou para tomarem sorvete. Ela aceitou, riu das piadas, admirou o jeito elegante de ele falar e sentiu-se lisonjeada quando ouviu referências à sua inteligência e beleza. Outros encontros inocentes, mas não tanto, aconteceram. Ela já não se importava com os comentários e olhares das pessoas. Olhares de curiosidade, censura, desprezo, admiração; comentários maldosos, identificadores de interesse e ambições pouco louváveis da parte dela, desejos tardios e torpeza do homem. Acostumara-se e até gostava disso. No fundo sentia-se afrontando aquelas pessoas, desafiando-as, exibindo um jeito de ser diferente, escapando das regras. Por vezes, imaginava-se dizendo que era dona de sua vida, de seu corpo, de seus sentimentos e, portanto, os outros — submissos às convenções — que falassem.

Assim, aceitou ser cortejada e não opôs resistência quando ele segurou-lhe as mãos. Depois, sem pensar em mais nada, encorajou avanços, tocando seus joelhos com a perna ou encostando-se nele a pretexto de nada. Foi então que os acontecimentos ganharam velocidade: do sorvete para o lanche; daí para cinemas, restaurantes, vinhos e... o motel. Ele sabia que na sua idade, uma tarde podia ter a duração de mil vidas e que no momento de um beijo transcorria uma eternidade.

Dias, meses... um, dois anos, até que decidiu não mais procurá-la. Tivera muito mais do que pensara ter. Ela lhe havia dado tanto, em tão pouco tempo, que se sentia pleno de vida e tonto de alegria. Não mais vê-la era, pensava, o mínimo que devia fazer. Decisão difícil, que se afigurava como ao sedento a renúncia da água cristalina oferecida pela fonte. Sabia que não podia continuar bebendo daquela água, pois jamais teria vida eterna. Era-lhe, portanto, importante parar antes que o tempo ou ela própria lhe negasse o acesso à fonte. Seria seu último gesto de cavalheiro. Em futuro não muito distante, esperava que sua decisão fosse apreciada. Continuariam cada qual o seu caminho. O seu, pensava, a cada dia se encurtava mais.

Algum tempo depois da decisão, meditava. Medo da morte não tinha. O único receio seu era não poder passar para o outro lado levando na memória a imagem de alguma mulher bonita, em que no momento derradeiro fixaria o olhar. Esperava, no entanto, ser perdoado. Não constava que o bom ladrão fora perdoado? Que mal fazia a não ser seguir os impulsos da vida, reciclando a química de seu corpo, roubando a força incontinente da mocidade? Continuaria celebrando a vida até o momento fatal. E, quando tudo estivesse por finalizar, no último sopro de existência, esperava, ainda, ter alguma mulher bonita por perto, para lhe pedir, mais uma vez:

— Um sorriso! Um último sorriso como passaporte para o grande mistério.